大雅叢刊

新聞與社會眞實建構

——大眾媒體、官方消息來源與社會運動的三角關係

翁秀琪
許傳陽
蘇湘琦
楊韶彧
葉瓊瑜

著/

三民書局印行

國家圖書館出版品預行編目資料

新聞與社會眞實建構：大眾媒體，官方
消息來源與社會運動的三角關係／
翁秀琪等著.--初版.--臺北市：三
民，民86
　　面；　　公分.--（大雅叢刊）
ISBN 957-14-2647-4（精裝）
ISBN 957-14-2648-2（平裝）

1.新聞學-論文，講詞等

890.7　　　　　　　　　　86006963

國際網路位址　http://sanmin.com.tw

© 新聞與社會眞實建構
——大眾媒體、官方消息來源
與社會運動的三角關係

著作人　翁秀琪　許傳陽　蘇湘琦　楊韶彧　葉瓊瑜
發行人　劉振強
著作財
產權人　三民書局股份有限公司
發行所　三民書局股份有限公司
　　　　地　址／臺北市復興北路三八六號
　　　　電　話／五○○六六○○
　　　　郵　撥／○○○九九九八一五號
印刷所　三民書局股份有限公司
門市部　復北店／臺北市復興北路三八六號
　　　　重南店／臺北市重慶南路一段六十一號
初　版　中華民國八十六年七月
編　號　S 89080
基本定價　伍元貳角
行政院新聞局登記證局版臺業字第○二○○號

ISBN 957-14-2648-2（平裝）

序

　　這是一本論文集，裡面收錄了筆者及筆者的學生自一九九〇年以來所完成的五篇論文，每篇論文都和九〇年代以來大眾傳播理論的最新發展有關，其中包括了議題建構、議題傳散、框架理論、消息來源及消息來源策略研究。彌足珍貴的是，每篇論文除了相關理論文獻的詳細整理之外，還有理論的本土驗證。五位作者所挑選的研究議題，涵蓋了八〇年代以來臺灣重要的社會運動：婦女運動、環保運動、政治反對運動，以及媒體改造運動。閱讀本書，等於親眼見證了臺灣的媒體是如何建構臺灣的社會運動，以及大眾媒體在以新聞報導建構社會真實時，大眾媒體、消息來源與社會運動這三股勢力是如何互動，甚或相互競逐的。

　　本書中的五篇論文均選擇社會運動為切入點。社會運動之所以會產生，乃是因為社會中有一部份人對於既有的社會制度或價值觀產生不滿或認為不足，所以起而宣稱另一套制度或價值觀的正當性。在現代社會中，從事社會運動的人也多半會透過大眾傳播媒介來爭取他們對於制度或價值觀的定義權。因此，觀察社會運動的新聞報導最能瞭解不同力量在新聞建構中的動態樣貌。

　　本書中的第一章「我國婦女運動的媒介真實和『社會真實』」一文，曾刊載於《新聞學研究》第四十八集，本章透過對臺灣婦女運動的歷史發展（「社會真實」）和報紙對婦女運動的報導（媒介真實）之呈現，並以目前臺灣婦女接近使用媒介權的剖析作為臺灣婦女運動媒介真實和「社會真實」之間的聯結。

　　第二章「議題傳散模式初探──以宜蘭反六輕設廠之新聞報導為例」

　　由許傳陽改寫自其民國八十一年的論文「大眾傳播媒介與社會運動：一個議題傳散模式的初探——以宜蘭反六輕設廠之新聞報導為例」。本文基本上在研究媒介在社運中所扮演的角色。大眾媒介與社會運動原本是兩個相異的研究領域，但二者同樣常被視為是體察當代社會生活變遷的重點。

　　第三章「媒介對不同政策性議題建構的理論初探——以『彰濱工業區開發』和『黑名單開放』為例」由蘇湘琦改寫自其民國八十三年的同名論文。本章以「黑名單開放」代表公眾議題，而以「彰濱工業區開發」作為官方議題，檢視兩個性質不同的議題在不同的媒體間傳散的情形。研究結果證明官方議題（「彰濱工業區開發」）由建制媒介流向另類媒介，公眾議題（「黑名單開放」）則由另類媒介流向建制媒介。同時不同類型媒介對不同議題會有不同的側重面向，多少證實了媒介的意識形態會影響媒介內容的呈現。

　　第四章「從消息來源途徑探討議題建構過程——以核四爭議為例」則由楊韶彧改寫自其民國八十二年的同名論文。本文的研究結果發現，消息來源中的界定者出現在媒體中的機率最多，第三者其次，而抗爭者最少。在解嚴前，第三者與界定者出現的機率大於抗爭者，其受到媒介處理的顯著性也高於抗爭者，但在解嚴以後，不同的消息來源出現的機率差異漸小，同時其受到媒介處理的顯著性差異亦減小。足見媒介內容的多元程度確實與議題週期的變化以及政治環境的鬆動有很大的關係，而消息來源界定議題的機會，也由早期界定者主導的局面，逐漸在後期被抗爭者襲奪了一些地位。同時，官方消息來源的口徑不一定一致，即官方（統治集團）中彼此亦有不同的意見和分裂。因此，所謂的「初級界定者」（"primary definer"）並非是一統的。

　　第五章「媒介策略：看消息來源如何『進攻』媒體——以公視立法爭議為例」由葉瓊瑜改寫自其民國八十四年的論文「從媒介策略角度探

討消息來源之議題建構——以公視立法爭議為例」。在將媒體視為一公開的場域概念下，本章同時關照了消息來源策略輸入及輸入後的結果，除試圖釐清媒介策略的意義之外，並結合消息來源策略研究的內部及外部途徑的作法，分析消息來源在媒體上的具體近用情形，及消息來源近用媒體的策略。本章同時將研究焦點集中在非官方及官方消息來源之間的權力傾軋，並不把非官方消息來源視為邊陲團體而不加重視。

這五篇論文代表了五位作者對於大眾媒體、消息來源與社會運動三者如何透過新聞報導來建構社會真實，從不同理論角度出發所做的階段性觀察及思考，不揣簡陋將之集結成書，只是做為下一步思考及探索的出發點。感謝三民書局的劉振強董事長慨然答應出版這麼一本冷門書，讓我們的觀察和思考能留下軌跡。

翁秀琪

一九九七年六月十一日

新聞與社會真實建構：
大眾媒體、官方消息來源與社會運動的三角關係

目　　次

緒　論

自1950年代以來，有關新聞選擇的研究在傳播研究的領域逐漸受到重視 (Staab, 1990)，而守門人研究、新聞偏差研究和新聞要素 (news factors) 的研究，則是這個領域裡重要的三個研究取向 (Kepplinger, 1989a,b)，其中尤其是新聞偏差研究和新聞要素的研究，更自認為與媒介如何建構社會真實有直接的關係，致力於探討媒介內容和外在世界之間的關係；以及媒介內容究竟是如一面鏡子一般地反應社會真實？還是像一部馬達一樣在帶動、塑造社會真實 (Kepplinger and Hachenberg, 1980; Kepplinger and Roth, 1978)，抑或兩者之間尚有其他的關聯 (Rosengren, 1981a, 1981b)？德國傳播學者Schulz (1976, 1982)質疑這樣的提問方式，進一步指出社會真實的「正身」(Ding an Sich) 無法驗明，所有人類感知的社會真實，都是某種建構的結果（例如媒體的建構、歷史家的建構）。因此，媒介真實和社會真實的「正身」之間無法比較，重要的是去追問媒體是根據哪些規則在建構社會真實的。

傳統的新聞學強調新聞的客觀性，同時認為新聞的呈現需符合如時宜性、接近性、顯著性、影響性及人情趣味等新聞價值，且多半採取自然科學對於知識的看法，認為這些新聞價值是原本就附著在這些新聞事件上的特質，記者的工作就是去發掘這些附著在新聞事件上的新聞價值。這種新聞選擇的模式被稱為「功能模式」(Staab, 1990)，新聞報導的責任就是儘量客觀地去反映新聞事件的特色。

這樣一種對新聞的觀點直接影響了如Rosengren 等在研究新聞偏差時的研究設計：以外在資料對照媒介資料來「證明」新聞報導的偏差，

並認為外在資料即可代表新聞事件的本質。(Rosengren, 1979)

　　Schulz (1976,1982) 指出了這種研究設計的誤謬，強調新聞事件的「正身」是不可知的，比較外在資料和新聞報導只不過是在比較兩種對新聞事件的建構方式而已。因此，並無所謂新聞的偏差，重要的是要看哪些新聞要素決定了新聞的選擇及新聞的處理。

　　不可諱言的，新聞必須報導「事實」，這是新聞和小說或任何虛構性的文體最大的不同，也是新聞從業人員必須堅守的最後一道防線。但事件是否為「事實」，那是記者查證的工作。記者查證屬實，只要一開始報導（不論是使用文字、聲音、影像或多媒體來報導），就必然牽涉到「建構」或「再現」。然而，上述「功能模式」基本上排除了記者主觀意圖影響新聞選擇的可能性。它認為新聞選擇基於客觀標準和專業規範，反映了事實的某個面向。然而傳播的經驗研究卻發現了媒介組織 (Robinson, 1970; Tunstall, 1971；陳雪雲, 1991) 和意識型態(Hall, 1982; Westerstahl and Johnsson, 1986；張錦華, 1991；林宇玲, 1991) 等經常會影響新聞事件以什麼樣的面貌被呈現出來。

　　因此近年來有許多學者主張從解釋社會學的觀點來看新聞報導和新聞事件之間的關係，其中Tuckman (1978) 是最典型的代表人物，她所著《製造新聞——真實建構的研究》(*Making News—A Study in the Construction of Reality*) 一書，將現象學、知識社會學以及人類方法學 (Ethnomethodology) 的哲學思考及理論融入她對新聞的觀點之中，將新聞視為主、客觀辯證關係中產生出來的社會真實。

　　在這樣的觀點之下，新聞記者在報導新聞事件時，一方面受到社會結構（例如傳播政策、媒體組織、佈線結構等）的影響，一方面記者也透過專業化過程將某些意識型態（例如客觀報導、新聞價值、報導類型、消息來源等）內化為日常工作的工作規則，並主觀地透過上述的工作規則來建構新聞。所以，新聞是在主、客觀辯證過程之中產生的社會真實，

是社會真實的一部份。本書對於新聞正是採取這樣的觀點。

　　本書收錄了筆者及筆者的學生自1990年以來所完成的五篇論文，每篇論文均觸及「誰、如何透過新聞、以哪些面向來建構社會真實」這個核心題旨，每篇論文均選擇社會運動為切入點。社會運動之所以會產生，乃是因為社會中有一部份人對於既有的社會制度或價值觀產生不滿或認為不足，所以起而宣稱另一套制度或價值觀的正當性。在現代社會中，社會運動者也多半會透過大眾傳播媒介來爭取他們對於制度或價值觀的定義權。因此，觀察社會運動的新聞報導最能瞭解不同力量在新聞建構中的動態樣貌。

　　本書的每篇論文都和九〇年代以來大眾傳播理論的最新發展有關，其中包括了議題建構、議題傳散、框架理論、消息來源及消息來源策略研究。彌足珍貴的是，每篇論文除了相關理論文獻的詳細整理之外，還有理論的本土驗證。五位作者所挑選的研究議題，涵括了八〇年代以來臺灣重要的社會運動：婦女運動、環保運動、政治反對運動，以及媒體改造運動。閱讀本書，等於親眼見證了臺灣的媒體是如何建構臺灣的社會運動。

　　第一章〈我國婦女運動的媒介真實和「社會真實」〉 一文，曾刊載於《新聞學研究》第48集，本章透過對臺灣婦女運動的歷史發展（「社會真實」）和報紙對婦女運動的報導（媒介真實）之呈現，並以目前臺灣婦女接近使用媒介權的剖析作為臺灣婦女運動媒介真實和「社會真實」之間的聯結。本章共提出了三個研究問題：1.臺灣婦女運動的「社會真實」是什麼？ 2.在大眾傳播媒介（報紙）上，臺灣的婦女運動如何被呈現？ 3.臺灣婦女運動的媒介真實與「社會真實」的關聯性如何？

　　本章的研究結果發現，報紙在報導婦女運動議題時，有「衝突化」和「個人化」的刻板印象化過程存在，而「衝突化」的傾向較「個人化」傾向更為明顯。其次，不同經營型態的報紙在媒介報導量及報導的主角

上雖有不同，但在「婦女角色」和「婦女意識」的報導上並無不同。也就是說，不論其經營型態為黨營、軍營或民營，各報在報導婦女角色時均以「停留在原來位置」最多，這種現象並不因政治上的解嚴而有所改變。而在處理「婦女意識」時，也是「不利」於婦女議事的報導多於「有利」的報導。這顯示了大眾傳播媒介在處理婦女運動議題時，所扮演的是一種社會控制的壓抑社會變遷的角色。

婦女意識和婦女角色的提昇，是全球婦女運動的主要核心目標之一。我國報紙長期以來對於婦女運動的不利報導，與婦女運動的多樣性面貌之間實有相當大的差距，會影響建構我們對於兩性關係的期望與觀點，這樣的現象及其所可能產生的影響，絕對值得吾人深思。

第二章〈議題傳散模式初探——以宜蘭反六輕設廠運動之新聞報導為例〉一文由許傳陽改寫自其民國81年的碩士論文。本文基本上在研究媒介在社運中所扮演的角色。大眾媒介與社會運動原本是兩個相異的研究領域，但二者同樣常被視為是體察當代社會生活變遷的重點。

為了研究臺灣的媒介在社運中所扮演的角色與功能，本章提出三個層面的研究問題。首先是大眾媒介與社會運動中的行動者之間的互動，這主要在研究一個社運議題由誰來形塑，因此涉及行動者與媒體間的效力。根據過去對社會運動的研究發現，社會運動週期性地出現，因此第二個研究問題是要透過對媒介內容的探討和研析以發現，在當時的社會時空下究竟呈現出何種的媒體——社運文化。至於第三個研究問題則是要探討：社運議題如何在印刷媒體的全國版與地方版中建構與傳散。

本章的研究結果發現，社運組織在社運期間一向是新聞的報導重點，因此成為形塑社運議題的主要來源；然而本研究發現在反六輕建廠的抗爭進入尾期時，非立即受害者的「民間團體」等第三勢力單位卻躍升為新聞報導的主要來源。此一現象究為媒介報導對於客觀事實的反應，亦為媒介藉由對非社運組織的報導而對議題主動重新加以建構，是頗堪玩

味的問題。

其次就媒體內容中所反應出來的「媒體——社運文化」而言，本研究的研究結果反應了地方媒介（在本研究中為全國性報紙的地方版）在報導一與地方休戚與共的議題時的尷尬角色：它一方面必須與地方社區保持一種休戚與共的精神，以獲得地方人士的認同；但是它又必須傳達受抗議團體（在本章中為臺塑企業）的宣示，以維護資本主義社會中報業的利益。

最後，本章的研究結果發現「反對六輕設廠是基於地方利益」的報導出現了由「地方版」溢散到「全國版」的現象。而「促進經濟景氣」此一話題則正好相反，由「全國版」共鳴到「地方版」。因此證實了Noelle-Neumann 及 Mathes (Noelle-Neumann and Mathes, 1987)的發現：媒介議題本身有其發展路徑，媒介通道之間會彼此建構議題。

第三章〈媒介對不同政策性議題建構的理論初探——以「彰濱工業區開發」和「黑名單開放」為例〉由蘇湘琦改寫自其民國83年的同名論文。本章提問的兩個核心研究問題是：1.不同議題在媒介體系間的傳散方式為何？ 2.媒介體系如何處理不同性質的議題。

本章以「黑名單開放」代表公眾議題，而以「彰濱工業區開發」作為官方議題，檢視兩個性質不同的議題在不同的媒體間傳散的情形。研究結果證明官方議題（「彰濱工業區開發」）由建制媒介流向另類媒介，公眾議題（「黑名單開放」）則由另類媒介流向建制媒介。同時不同類型媒介對不同議題會有不同的側重面向，多少證實了媒介的意識形態會影響媒介內容的呈現。

第四章〈從消息來源途徑探討議題建構過程——以核四爭議為例〉則由楊韶彧改寫自其民國82年的同名論文。本文將傳播研究中的消息來源和議題建構研究結合在一起，提問了以下幾個研究問題：

一、哪些消息來源有較多的機會來界定議題？（1.探討消息來源背

景與其近用媒介機會的關係, 2.探討消息來源之媒體策略的具體程度與其媒介近用機會的關係)

二、媒介立場與消息來源建構議題間的關係如何?

本文的研究結果發現,消息來源中的界定者出現在媒體中的機率最多,第三者其次,而抗爭者最少。在解嚴前,第三者與界定者出現的機率大於抗爭者,其受到媒介處理的顯著性也高於抗爭者,但在解嚴以後,不同的消息來源出現的機率差異漸小,同時其受到媒介處理的顯著性差異亦減小。足見媒介內容的多元程度確實與議題週期的變化以及政治環境的鬆動有很大的關係,而消息來源界定議題的機會,也由早期界定者主導的局面,逐漸在後期被抗爭者襲奪了一些地位。同時,官方消息來源的口徑不一定一致,即官方(統治集團)中彼此亦有不同的意見和分裂。因此,所謂的「初級界定者」(primary definer)並非是一統的。

至於不同背景的消息來源的媒體策略,其具體程度有顯著的差異,但媒體策略愈具體不一定愈易近用媒體。本章在這部份的研究共有以下幾點發現: 1.消息來源的媒體策略愈具體不一定愈容易近用媒介。2.媒體策略的具體程度和媒介處理的顯著程度之間亦無相關。3.抗爭者的媒體策略比其他背景的消息來源更為具體。4.不同背景的媒介所呈現的媒體策略具體程度有顯著差異。

最後,從不同媒介和不同消息來源之間存有特殊的近用通道關係以及不同媒介對核四議題的處理,也會因媒介立場不同而強調不同的議題面向上,我們也可以看出媒體在新聞產製上雖力求客觀、平衡的原則,但對議題不同的處理方式使媒體也積極地參與議題建構的過程。

第五章〈媒介策略:看消息來源如何「進攻」媒體——以公視立法爭議為例〉由葉瓊瑜改寫自其民國84年的論文:〈從媒介策略角度探討消息來源之議題建構——以公視立法爭議為例〉。在將媒體視為一公開的場域概念下,本章同時關照了消息來源策略輸入及輸入後的結果,除試

圖釐清媒介策略的意義之外，並結合消息來源策略研究的內部及外部途徑的作法，分析消息來源在媒體上的具體近用情形，及消息來源近用媒體的策略。本章同時將研究焦點集中在非官方及官方消息來源之間的權力傾軋，並不把非官方消息來源視為邊陲團體而不加重視。

　　本章係以「公視立法爭議」為研究對象，環繞著消息來源研究中關注的話題「誰有權力界定議題」共提出兩個主要的研究問題：(1)哪一消息來源為議題的主要界定者？(2)消息來源近用媒體的策略為何？

　　本章針對研究問題一的發現是：無論在消息來源出現次數上，或是在消息來源具體發言的情形中，代表官方的公共電視官方籌委會、監察委員、新聞局官員、立法委員在新聞中出現及發言次數最多，與過去的研究結果大致相同。而三個主要的抗爭團體，公共電視民間籌備會、三臺主管員工、及公視立法後援會，雖然訴求主題不盡相同，但整體出現及發言情形，比屬於第三者的記者、報社主筆、以及其他學者專家要來得多。這部份的發現與過去的研究結果正好相反，主要因為過去第三者發言較多的情形多是學者專家在發言，而在公共電視此一議題中，許多傳播科系的學者專家，本身便是主要抗爭團體公視民間籌備會的主要成員，因此第三者的發言空間相形萎縮。

　　在以內部途徑取得的資料顯示，非官方的消息來源（例如公視民間籌備會）會以文字或行動方式來傳遞訊息，而官方的消息來源則多半只是接受記者採訪而見報。足見，不同的消息來源確實會以不同的傳送訊息的方式來近用並建構媒介議題。而官方的消息來源由於本身所具備的新聞價值，在新聞常規化的運作，如組織制度化及佈線結構的影響之下，使得他們可以不靠任何作為便能輕易的近用媒體。反之，制度化較低的團體卻必須冒著被媒體扭曲報導，採取較激烈的文字或行動的策略，以求在基本的近用媒體權上有所突破。

　　至於在議題框架的競爭中，本章發現抗爭團體反而有較多主控媒介

論域的機會。一般而言，雖然主流框架較容易被一般大眾所接受，但並不表示主流框架不須經過任何建構的過程就可以被民眾視為理所當然，主流框架往往也有脆弱的一面，這也留給了非官方消息來源一個建構其替代性框架的機會。

就本章消息來源外部途徑所得的資料顯示，官方消息來源（官方籌委會、政府官員、立委、監委）發言次數雖然相當多，但由於本身有各種弊端纏身，反而無法針對公視基本精神或公視法相關條文提出見解，使得整個媒介論域成為民間籌備會與三臺工會從事框架競逐，以爭取定義權的地方，而民間籌備會在框架的提供上可說是略佔上風。可見日後的研究者除了注意消息來源和媒體結構上的互動之外，仍應注意文化面向的互動結果（即消息來源框架的競逐問題）。

我們若回到 Hall 初級／次級界定者的概念來看，更可發現所謂初級界定者或次級界定者，實在是消息來源運用各種媒介策略以爭取媒體注意的結果，並非先天上牢不可破的限制。這個學術上的發現，對於一向資源有限的弱勢團體而言更透露了一個訊息：如能以適度的媒介策略來取代物質的資源，則在議題定義權的爭奪上仍然是大有可為。

整體而言，本書在傳播理論的部份共獲得以下六點結論：

一、媒體、一般消息來源（如官方、學者專家等）及社運團體等都是建構新聞事件的主要影響來源；三者之間的權力推拉關係，正是新聞事件會以什麼樣的面貌呈現在閱聽人眼前的重要關鍵。

二、媒體在建構社會運動議題時會透過「衝突化」和「個人化」等刻板印象化過程來建構新聞事件。且媒體在處理較敏感或較會動搖社會中傳統價值觀的社會運動議題（例如婦女運動）時，所扮演的多半是一種社會控制的壓抑社會變遷的角色。媒體在新聞的產製上雖經常（自稱）力求客觀、平衡的原則，但對議題不同的處理方式往往也透露出媒體積極建構議題的角色。

三、媒體在處理社運新聞中所展現出來的「媒體——社運文化」是一種頗堪玩味的現象。尤其是地方性媒體（或全國性媒體的地方版）在報導一些與地方休戚與共的議題時往往會陷入一種尷尬的角色：它一方面必須與地方社區保持一種休戚與共的精神，以獲得地方人士的認同；但是它同時也不能忽略被抗議團體（往往是大企業、大財團）的宣示，以維護資本主義社會中報業的利益。

四、媒介議題本身有其發展路徑，媒介通道之間會彼此建構議題，而且官方議題多半會由建制媒介流向另類媒介，而公眾議題則由另類媒介流向建制媒介。

五、消息來源是建構新聞事件的重要來源。媒介內容的多元程度確實與議題週期的變化及政治環境的鬆動有關。社運中的抗爭者只要策略運用得當，還是可以襲奪得一些內容版面，再加上官方消息來源的口徑不一定一致，因此霍爾(S. Hall)所謂的「初級界定者」並不是一統的。

六、社運團體可以透過適當媒體策略的運用，及適當的「替代性框架」（相對於「主流框架」）的提出而獲得新聞事件的定義權，並襲奪媒體的版面，以彌補其在物質資源上的不足。

參考書目

中文部分

林宇玲(1991)：〈由霸權理論觀點解讀報紙對選舉的報導——以78年台北縣長選舉為例〉，政大新聞研究所碩士論文。

陳雪雲(1991)：〈我國新聞媒體建構社會現實之研究——以社會運動報導為例〉，國立政治大學新聞研究所博士論文。

張錦華(1991)：〈電視及報紙選擇新聞報導意義分析——以七十八年台北縣長選舉為例〉，國科會專題研究計劃。

西文部分

Hall, S. (1982). The Rediscovery of "Ideology" in Media Studies, in M. Gurevitch, et. al., (eds.)(1982). *Culture, Society, and The Media.* London: Methuen, p.56–90.

Kepplinger, H. M. (1989a) "Theorien der Nachrichtenauswahl als Theorien der Realität", *Politik und Zeitgeschichte*, Beilage zur Wochenzeitung *das Parlament* 7 (April): 3–16.

Kepplinger, H. M. (1989b) "Instrumentelle Aktualisierung. Grundlagen einer TheoriePublizistischer Konflikts", *Kölner Zeitschrift für Sozialpsychologie* 27: 199–220, zitiert nach J. F. Staab, 1990.

Kepplinger, H. M. and M. Hachenberg (1980) "Die fordernde Minderheit—Eine Studie zum soziale Wandel durch Abweichendes Verhalten am Beispiel der Kriegsdienstverweigerung", *Kölner Zeitschrift für Sozialpsychologie*,Sonderdruck aus Heft, 3, 1980.

Kepplinger, H. M. and H. Roth (1978) "Kommunikation in der Ölkrise des Winters 1973/74. Ein Paradigma für Wirkungsstudien", *Publizistik*, Vol.23: 337–356.

Noelle-Neumann, E. and R. Mathes (1987). The 'Event as Event' and the 'Event as News': the Significance of Consonance for Media Effects Research, in *European Journal of Communication* vol.2: 391–414.

Robinson, G. J. (1970). Foreign News Selection in Non−linear in Yugoslavia's Tanjug Agency. *Journalism Quarterly* 47: 340–51.

Rosengren, K. E. (1979) "Bias in News: Methods and Concepts", *Studies of Broadcasting* 15: 31–45.

Rosengren, K. E.(1981a) "Mass Communications as Cultural Indicators. Sweden 1945–1975", *Communication Review Yearbook*, Vol. 2: 717–737.

Rosengren, K. E. (1981b) "Mass Media and Social Change: Some Current Approaches", in E. Katz and T. Szecsko (eds.) *Mass Media and Social Change*. Beverly Hills and London: Sage, p.247–263.

Schulz, W. (1976) *Die Konstruktion von Realität in der Nachrichtenmedien, Analyse der Aktuellen Berichterstattung*. Freiburg/München: Alber.

Schulz, W. (1982) "News Structure and People's Awareness of Political Events", *Gazette*, (30): 139–153.

Staab, J. F. (1990) "The Role of News Factors in News Selection: A Theoretical Reconsideration", *European Journal of Communication*, Vol.5: 423–443.

Tuckman, G. (1978). *Making News. A Study in the Construction of Reality*. New York: Free Press.

Tunstall, J. (1971). *Journalist at Work*. London: Constable.

Westerstahl, J.&F. Johansson (1986). News Ideologies as Moulders of Domestic News, in *European Journal of Communication*, Vol. 1:133–149.

第一章　我國婦女運動的媒介真實和「社會真實」 ❶

翁秀琪

---

❶ 本章原刊載於《新聞學研究》第48集。

本章摘要

　　本文選擇了臺灣的婦女運動為研究對象，透過對臺灣婦女運動的歷史發展（社會真實）和報紙對婦女運動的報導（媒介真實）的呈現，並以目前臺灣婦女接近使用媒介權的剖析做為婦女運動媒介真實和社會真實之間的聯結。因此本文企圖解答的問題是：

　　1.臺灣婦女運動的社會真實是什麼？ 2.在大眾傳播媒介（報紙）上，臺灣的婦女運動如何被呈現？ 3.臺灣婦女運動的媒介真實與社會真實的關聯性如何？

壹、 研究動機、 研究問題與研究方法

　　什麼是真實 (Reality)？世界上有沒有獨立於人類經驗感知範圍以外而獨立存在的真實？真實只有一種，還是可有多種？這些是相當棘手的問題。數千年以來，哲學家們和科學家們對於這些問題一直爭論不休，迄今仍無定論。

　　亞多尼和曼恩(Adoni and Mane, 1984)在給大眾傳播理論分類之前，建構了一個以社會真實、符號真實和主觀真實為支撐點的理論架構，進一步指出了在人和外在物質世界之間，還存在著一個符號世界，人對外在世界的認知，往往也會受到符號世界的左右。這使得原本已極為複雜的有關「真實」的問題，更形錯綜難解，也隱約透露了亞、曼二氏認為同一事件的真實是多重的想法。

　　在大眾傳播的領域裡，符號真實代表的是媒體的內容，而新聞從業人員是把社會真實（新聞事件）轉換成符號真實（媒體內容）的產製者，影響閱聽大眾對外在世界的認知。有關新聞記者如何篩選和產製新聞的研究很多，觀點亦頗紛歧。(Cohen and Young, 1981; Fishman, 1982,

1980; Galtung and Ruge, 1965; Gans, 1970; Gieber,1964; Kepplinger, 1989a; Ostgaard, 1965; Rosengren and Rikardsson, 1974; Schulz,1982, 1976; Tuchman, 1978; White, 1950; Wilke, 1984; Hall, 1982, 1980; Gitlin, 1980; Glasgow University Media Group, 1976, 1980)

自1950年代以來，有關新聞選擇的研究在傳播研究的領域逐漸受到重視 (Staab,1990)，而守門人研究、新聞偏差研究和新聞要素 (news factors) 的研究，則是這個領域中重要的三個研究取向 (Kepplinger, 1989a, 1989b)，其中尤其是新聞偏差研究和新聞要素的研究，更自認為與媒介如何建構社會真實有直接的關係，致力於探討符號真實（媒介內容）和社會真實（外在世界）之間的關係；以及媒介內容究竟是如一面鏡子一般地反映社會真實？還是像一部馬達一樣在帶動、塑造社會真實 (Kepplinger and Hachenberg, 1980; Kepplinger and Roth, 1978)，抑或兩者之間尚有其他的關聯 (Rosengren, 1981a, 1981b)？德國傳播學者 Schulz (1976, 1982) 質疑這樣的提問方式，進一步指出社會真實的「正身」(Ding an Sich)無法驗明，所有人類感知的社會真實，都是某種建構的結果（例如，媒體的建構、歷史家的建構）。因此，媒介真實和社會真實的「正身」之間無法比較，重要的是去追問媒體是根據那些規則在建構社會真實的。（進一步的討論見本文貳‧一）

本文選擇了臺灣的婦女運動為研究對象，透過對臺灣婦女運動歷史發展（一般所謂的「社會真實」）的展現，白描臺灣近四分之一世紀以來不同時期婦女運動的特色；分析不同經營型態報紙對婦女運動議題的報導（媒介真實）；並從目前臺灣婦女接近使用社會資源權的角度切入探索隱藏在媒體報導婦女運動方式之後的結構性因素。因此，本文企圖解答的核心問題是：

一、臺灣婦女運動的「社會真實」是什麼？

二、在大眾傳播媒介（報紙）上，臺灣的婦女運動如何被呈現？

　　三、有那些結構性的因素導致臺灣的婦女運動會以目前的面貌被呈現?

　　在「社會真實」的探索部份，本文採取歷史研究法，自文獻中整理出我國婦女運動的發展軌跡，依本文研究需要加以分期，並描繪出各期婦女運動之特色(詳見本文參的部份)，提供讀者對本研究時空背景的了解。必須強調的是，這部份所呈現出來的也是一種建構的結果，因此特在「社會真實」這個概念上加上括號。

　　在媒介真實部份的呈現，本文採取內容分析法，選擇國內五家代表不同經營型態的報紙(民營：中國時報、聯合報、自立晚報；黨營：中央日報；軍營：青年日報)內容分析其自民國50年1月1日至民國79年12月31日間對臺灣婦女運動的報導，藉以了解不同經營型態的報紙在處理婦女運動議題時的異同。由於抽取的樣本時間跨越二十九年，很可以展現這四分之一世紀以來婦女運動這個議題是如何被臺灣的大眾傳播媒體(報紙)所處理的。

　　本文另就「婦女接近使用社會資源權」此一概念切入討論我國婦女在新聞教育、新聞專業這兩個環節上接近使用社會資源的狀況，並以報社的路線結構此一結構性因素凸顯臺灣婦女運動媒介真實的可能結構性成因。

貳、理論與文獻探討

一、新聞事件(社會真實)與新聞報導(媒介真實)

　　新聞報導(媒介真實)和新聞事件(社會真實)之間的關係究竟如何，傳播學界一直有不同的看法。

　　傳統的新聞學強調新聞的客觀性，換言之，在傳統新聞學的領域中，

雖亦強調新聞須符合如時宜性、接近性、顯著性、影響性及人情趣味等新聞價值,但多半認為這些新聞價值原本就是附著在新聞事件上的特質,記者只是根據這些特質來選擇新聞罷了。這種新聞選擇的模式被稱為「功能模式」,其變項的關係為:新聞要素——→記者報導。(Staab, 1990)換言之,新聞報導就是儘量客觀地去反映新聞事件的特色。 ❷

　　這樣的一種對新聞事件和新聞要素之間關係的看法自然影響了如Rosengren等在研究新聞偏差時的研究設計(即以外在資料對照媒介資料來證明新聞報導的偏差,同時認為外在資料即可代表新聞事件的本質)。(Rosengren, 1979)

　　德國傳播學者Schulz (1976, 1982)指出了這種研究設計的誤謬,他認為新聞事件的「正身」(Ding an Sich)是不可知的,比較外在資料和新聞內容只不過是在比較兩種對新聞事件的建構方式而已,因此,並無所謂報導的偏差,重要的是要看那些新聞要素決定了新聞的選擇及新聞的處理(例如報導篇幅的大小,呈現的位置等)。

　　「功能模式」基本上也排除了記者主觀意圖影響新聞選擇的可能性。它認為新聞選擇基於客觀標準和專業規範,反映了真實的某些面向。然而從許多實證研究中卻發現,當新聞事件是與政治或社會問題相關時,或牽扯到衝突和危機事件的報導時,新聞的選擇往往是扭曲的。(Kepplinger, 1989b)此外,媒介組織 (Robinson, 1970; Tunstall, 1971;陳雪雲, 1991)、意識型態 (Hall, 1982; Westerstahl and Johansson, 1986; Lappalainen, 1988;張錦華, 1991;林宇玲, 1991)等也都會影響新聞事件以什麼樣的面貌被呈現出來。

　　因此,近年來有許多學者從解釋社會學的觀點來看新聞報導和新聞

---

❷　有關客觀報導在美國新聞學演變,請參見 Schudson, M. (1978) *Discovering the News: A Social History as American Newspapers*, Basic Books, Inc. 中譯本見何穎怡譯(1993)《探索新聞——美國報業社會史》。臺北:遠流。

事件之間的關係，❸主張新聞報導和新聞價值都是新聞記者建構出來的。
(Tuchman, 1972, 1973, 1978; Molotch and Lester, 1974, 1975; Fishman, 1982) Kepplinger (1989b) 因此提出「工具實現化模式」(Instrumental Actualization Model)。(請同時參考Staab, 1990)

「工具實現化模式」認為記者在報導政治、社會問題時，通常已預設了某種政治目標，而用新聞報導來達成其目的，因此，新聞價值只是一種工具，用以證明報導的新聞性，並合理化記者的新聞選擇政策。因此，記者先有政治目的，爾後選擇新聞面向（新聞價值），最後才做成新聞報導。

本文作者基本上亦認為新聞是新聞記者建構出來的，換言之，新聞價值的主觀界定之選擇、報紙立場及刻板印象化過程等，都會影響一個記者如何界定、建構及報導新聞事件。

本文在接下來的部份（參）雖亦處理臺灣婦女運動的「社會真實」，但其目的在交代此一研究的時空背景，旨不在與媒介真實做比較；換言之，是刻意有別於傳統的新聞偏差和新聞要素研究的。

二、媒介建構社會真實的規則

McQuail認為大眾傳播是「社會關係的中介」，媒介機構從事知識的生產、複製及發行，並扮演外在客觀真實及個人親身經驗的中介角色。(McQuail, 1987, 2nd. eds., p. 51–53)

---

❸ 在這方面做得最好，並付予理論意義的首推美國的女傳播學者塔克曼（參見Tuchman, 1978，尤其是該書的第九和第十章）。塔克曼指出解釋社會學對新聞的研究取向較為主動，強調的是新聞工作者及新聞組織的活動，而非社會規範。他們認為社會結構所產生的規範，並沒有清楚地界定新聞價值，新聞工作者在運用某些規範時，同時也對這些規範予以界定，因此新聞價值時時刻刻在轉變中，新聞並非單純地反應社會，而是協助建構共享的社會現象。

　　基本上，媒介所展現的符號真實 (symbolic reality) 乃取材自真實世界，並對眾多素材加以選擇與處理，經常企圖簡化社會衝突事件的報導。格拉斯哥大學媒介小組的研究指出：社會衝突的發生事實有其階段性的發展，而電視新聞則將焦點集中於顯性階段，忽略了造成衝突的結構性原因以及社會過程的演進(Glasgow University Media Group, 1976)。

　　Hirsch (1977)則認為：媒介選擇訊息時受「人物」的影響，其原因有三：(1)媒介傾向於選擇顯著的個人或團體做為資訊來源或報導對象，(2)媒介經常樂於報導著名人物的說詞，而不報導事件。如果發言者對事件的發展有進一步的影響力，則其說詞本身就是新聞，(3)新聞的搜集大部分是找相關人物發言，因為人物比事件來得好找，並且能說話。

　　Kepplinger (1975)引用Lippman (1922)「刻板印象」和「新聞價值」兩概念來研究西德明鏡雜誌如何報導文學性內容時發現：一份新聞性的刊物通常在文學方面比較不專精，它的讀者群多半也不是文學家或對文學特別有興趣的人，所以它在報導涉及文學的、過份複雜的內容時多半會透過「個人化」和「衝突結構」兩種方式將之簡化。(請參閱翁秀琪，1989，p.126)

　　本文自前揭文獻中形成以下基本觀點：我國大眾傳播媒體在報導婦女運動時，會以「個人化」和「衝突化」兩種方式來框架婦女運動。

三、媒介經營型態對報導內容的影響

　　社會運動或社會爭議事件通常是媒體報導的焦點，也是社會變遷重要的軌跡。國內外許多研究，運用科學的實證方法，對媒介的內容進行分析，發現在許多情況下，媒介的經營型態的確會影響其報導方式。

　　Gerbner 與 Marvanyi (1977)研究經營權與國外新聞多寡時發現，公營報的國際新聞較商營報紙為多，可見經營權的確可能會影響媒介內容。

　　吳淑俊(1989)以中央日報、聯合報和中國時報為對象，分析「消費者保護新聞」，結果發現(p.109-112)：(1)三報的報導隨時間變動而變動；(2)在不同階段中，三報的報導確實有顯著差異；(3)對於「消基會」的報導，三報因經營者不同而有差異。

　　謝錦芳(1990)在「我國主要報紙之社會價值趨勢分析——有關勞工問題的社論初探(1969～1988)」研究中則發現：(1)勞工問題社論所呈現的社會價值取向，不因報紙經營型態不同而有差異；(2)勞工問題社論所呈現的結構複雜度，隨報紙經營型態的不同而有差異，黨營報紙的平均結構複雜度比民營報紙低；(3)勞工問題社會價值具體性，隨報紙經營型態不同而有差異。

　　此外，陳秀鳳(1990)在「我國主要報導政治衝突事件報導初探——中央日報、中國時報、自立晚報有關民主進步黨街頭運動報導的內容分析」中指出：(1)政治衝突事件中，報導量、版位與版次、圖片報導量、報導型態上均因三報立場而有不同；(2)三報在議題重視程度上，由於組織立場的不同而有顯著的差異；(3)三報在新聞描述手法上出現顯著差異。中央日報偏重情緒取向，中時偏重理性分析，自晚偏重事實陳述；(4)三報呈現出來的民進黨形象，負面程度以中央最高、中時次之、自晚較低。

　　翁秀琪(1991)以報紙對勞工運動的報導為例探討傳播內容與社會價值變遷的關係，發現：(1)聯合報、青年日報重視中央行政機關的消息，忽略勞方；中央日報、中國時報與自立晚報則相反。(2)以中國時報和自立晚報的報導最有利於勞方。

　　陳雪雲(1991)的研究則指出報紙對群眾運動的報導中，以自立晚報最適當。

　　由上述文獻，我們可以看出媒介經營型態不同，的確可能影響其報導。質此，導引出本文的另一重要觀點：媒介經營型態不同，會影響其

對婦女運動之報導。

四、 大眾傳播媒介與婦女

（一）Tuchman對美國女性傳播研究的貢獻

Tuchman與Daniels和Benet於1978年合編《家庭與爐床；媒介中的婦女印象》一書 (Tuchman, Daniels and Benet, 1978) 對於美國女性傳播研究奠定了基礎。

該書提出一個研究模式，建議研究大眾傳播與婦女應探究： 1.在主要媒介中，女性如何被描繪， 2.研究在這些媒介中工作的女性。

Tuchman 等根據Lasswell的說法，認為大眾傳播媒介的功能之一就在傳遞社會遺產，特別是主流文化遺產，而其中性別角色(sex roles)是極為重要的主流文化遺產。Tuchman因此提出其基本的假設：

1.大眾傳播媒介以象徵方式反映主流社會價值，並提供訴諸最大多數觀眾的節目。

2.在大眾傳播媒介上，女性註定要遭受象徵符號上的消滅 (symbolic annihilation)，也就是被責難，被瑣碎化，或根本不被呈現（被消滅於無形）。（有關女性的象徵符號上的消滅另參見Tuchman, 1981）

（二） 有關訊息處理過程的研究

有關訊息處理過程的研究焦點有二： 1.新聞界定的過程；2.媒介接近權，以下分別說明之。

1.新聞界定的過程

⑴Epstein1978年編《婦女與新聞》一書(Epstein, 1978)，指出新聞是由男性編輯透過其男性觀點加以界定的。因此，女性無論作為團體或

個人都很難接近媒介以表達她們自己的觀點。

　　⑵Molotch（轉引自Tuchman, et al., 1978）指出報紙很少報導婦運是由於婦運不符合男人的利益，而男人是用「男性的世界觀」來報導與編輯的；更重要的是，婦女版根本沒有報導婦女在日常生活中必須處理的事情。Molotch 認為，新聞是由男性觀點來界定的。新聞界定的過程加強了刻板印象，而這正符合擁有媒介的男性的需求。

　　⑶Tuchman, et al. (1978, p.196)指出，報紙著重於報導事件，而非議題，所以婦運喚醒自覺的階段被忽略掉了。

2.媒介接近權

　　女性的媒介接近權與新聞的界定有很大的關聯。Robinson (1978)概念化了三種界定的方式：

　　⑴社會的接近：女性作為訊息的處理者；⑵政治的接近：例如參與制定法律、法案；⑶象徵的接近：指女性在媒介議題中發現自己的地位的能力。

　　她指出美國的婦女運動在1970年代時，只有有限的接近權（煽情的報導），而以後便成為常規化了的瑣碎的報導。

（三）訊息的內容

　　Pingree 和 Hawkins 等人發展的意識量尺 (consciousness scale) (Pingree, et al., 1976)，是適用於各種媒介的，非常具開創性的分析男、女性別意識的方法。

　　Pingree 等人指出，過去對媒介性別歧視的研究通常是運用各類變項，計算 1.媒介呈現什麼形象，2.呈現頻率如何，3.何時呈現，以及 4.呈現在那裡。Pingree指出若能以等級變項作內容分析，則可以告訴我們在某一呈現中，性別歧視的程度如何，並可提供未來更精確、更有意義

的研究。同時，採量的取向，要求增加大眾媒介中女性的呈現，並不會改善媒介的性別歧視；只有從質上來改變媒介對女性的呈現，才能減少性別歧視。

當然，要對媒介的性別歧視做質的分析，首先需：1.界定什麼是性別歧視？ 2.建立從「對女性極端歧視」到「沒有性別歧視」之間的連續面向。因此，Paisley 等即建構出所謂的等級意識量尺 (ordinal consciousness scale)，關注在媒介中所呈現的女性如何被限制在特定角色與關係上，這個量表稱為「媒介性別歧視的意識量尺：婦女 (A Consciousness Scale for Media Sexism: Women)，共分五級，從被「刻板印象侷限」一直到「從刻板印象中解放出來」。這五級量尺分別是：「貶低她」、「使她停留在她的位置上」、「呈現前進的女性形象：賦予她兩種位置」、「承認她是完全平等的」、和「非刻板印象的」。

（四）婦女運動與大眾傳播媒體

Van Zoonen (1992)以論域分析的方法研究1960年末至1970年初，荷蘭的婦運再興起期間，婦運與媒體的互動關係，發現婦女運動團體會以戲劇性的事件來動員媒體的報導；但媒體對於婦運議題卻自有其詮釋及建構的框架，例如媒體會刻意地去區分合法（如平等權的爭取）和不合法（如激進）的女性主義；媒體也會刻意地分化婦運的參與者，例如媒體會一再強調一般家庭婦女對婦運不感興趣，婦運參與者與一般婦女不同；分化男女之間的關係，刻意強調婦運是反男性的。因此，荷蘭的大眾傳播媒體是以性別及政治的論域、組織形式的衝突及個人偏好來建構及框架荷蘭婦運的公眾認同(public identity)。

本文參考前揭大眾傳播媒介與婦女研究部份的文獻，形成以下幾個基本觀點。

1.在大眾媒介上，女性註定要遭受象徵符號上的消滅，同時在新聞

的處理過程中，是一個男性主宰的新聞處理過程，女性對此界定過程缺乏接近權。有關這點的探討，本文將以國內報紙對婦女運動議題的報導情況與筆者在民國80年所做勞工運動的實證資料作比較，以凸顯大眾媒體（報紙）對婦女運動議題的漠視，並進一步從報紙內部新聞路線結構來探究其原因（這一部份的討論參見本文肆及結論部份）。

2.由於報紙著重報導事件，而非議題，因此，婦運新聞呈現的多半為事件導向的主題（例如有關婦女之法令、婦女權益、婦女運動及團體），　至於議題導向的主題（例如婦女角色、婦女意識等）則較少被提及。

3.借用Pingree和Hawkins等人所發展出來的性別意識量尺(Pingree, et al., 1976)來分析我國報紙所呈現的女性角色。

參、臺灣婦女運動的「社會真實」 ——問題的背景 ❹

蕭新煌在分析臺灣新興社會運動時指出 ，社會運動不可能無中生有，它總有一個相對應之不良社會現象（問題）先存在。（蕭新煌，1989, p.25）因此，當社會中一大群人警覺到女性不平等的地位（即蕭文所指之不良社會現象或問題），而決定採取共同的行為來達到女性平等地位時，即為女權運動之萌芽。（周碧娥，姜蘭虹，1989, p.92）許多有關婦運的研究也發現，婦女運動的轉捩點是婦女能開始體認到其個人問題其實亦是社會和政治問題時 (Farganis, 1986; Freeman, 1975; Klein, 1984；周碧娥，姜蘭虹，1989, p.92)，換言之，當一個社會中婦女了解婦女問題必須由政治、社會、經濟結構等層面之改變才有可能改善時，婦女運動就具備了成為社會運動的條件了。

---

❹　本節節錄自筆者81年的國科會專題研究第二章。（參見翁秀琪，1992, p.5–36）

一、 現代臺灣婦女運動的分期

有關現代臺灣婦女運動的分期，一般作者的觀點並不完全相同（周碧娥，姜蘭虹，1989, p.80–88；顧燕翎，1989, p.106–123），例如，周碧娥，姜蘭虹(1989)將臺灣現代的婦女運動分為三個時期，即 1.國民黨婦女政策與婦女運動。此一時期的婦女運動主要是由中央婦工會所引導，事實上強調的是「婦女工作」而非「婦女運動」。中央婦工會成立於民國42年，由蔣宋美齡任指導長，錢劍秋擔任主任，它是官方代表推行婦女政策的最高機構，它與國民黨的其他六個工作會平行。2.女性主義與婦女運動。此一時期的婦女運動是以呂秀蓮、李元貞兩位女士及其所成立的各種組織及活動為主軸。3.婦女及兩性研究的發展及限制。此一時期的婦女運動以臺大人口研究中心的婦女研究室為主軸。

而顧燕翎(1989, p.106–123)在分析臺灣地區的婦女運動時則簡單將其分為：1.臺灣第一波婦運──拓荒時代，指的是環繞呂秀蓮而發展的一些婦女組織和婦女運動，以及 2.臺灣的第二波婦運──新知時期，指的則是以李元貞為首，以「婦女新知」為主幹的婦女運動。

本文於伍（婦女運動的媒介真實）部份所援引的筆者於民國81年時所做的我國五家報紙對婦女運動議題報導的內容分析，則大致依婦女運動此一議題的發展將議題週期分為四個時期：

（一）50年1月1日至59年12月31日（中央婦工會主導時期）

（二）60年1月1日至70年12月31日（呂秀蓮時期）

（三）71年1月1日至76年7月15日（婦女新知時期）

（四）76年7月16日至79年12月31日（解嚴以後婦女運動）

這樣的分期，基本上是和周、姜二氏的分期較為接近，第一期相當於中央婦工會時期，第二期的發展主軸為呂秀蓮，第三期則以「婦女新知」為主，至於第四期的切割點則是為解嚴。筆者認為政治的解嚴同時

具有形式上及實質上的意義，它將許多社會力釋放出來，臺灣婦女運動
在這一個時期開始和其他的社會運動間有所結合（例如與環保運動、消
費者保護運動），擴大了其社會關懷面。

二、各期婦女運動之特色

（一）50年1月1日至59年12月31日（中央婦工會主導時期）

此一時期的婦女運動，由執政黨的婦女政策及中央婦工會主導，基
本上以「婦女工作」取代「婦女運動」，且其所提倡的婦女工作，仍以
蔣夫人宋美齡女士之指示為圭臬，例如標榜「發揮婦女安定家庭的天賦
力量」、「服務社會、報效國家」。另外在民國45年成立的「婦女之家」
三十年來對低收入民眾展開婦幼醫療、婦女技藝訓練、保健、家庭訪視
及社區兒童育樂等活動（中央婦工會，1987）。在這一個階段中，由於
國家統合政策的運作，黨國得以有效地去組織和動員民間婦女的人力資
源，以全盤地掌握婦女這一社會群體。在意識型態上，則依附於黨國決
策上，強調傳統的父權（男性中心）意識型態，故以提倡賢妻良母，齊
家報國運動為主（范碧玲,1990, p.87）。

（二）60年1月1日至70年12月31日（呂秀蓮時期）

由於女性知識份子的產生以及西方婦女運動思潮的激盪，使得民國
60年以後的婦女運動開始有了新的面貌。這一時期最具代表性的人物即
畢業於臺大法律系的呂秀蓮女士。周碧娥和姜蘭虹(1989, p.83)即認為呂
秀蓮是為臺灣婦女運動注入女性意識的第一人。

呂秀蓮的「新女性主義」有三個中心思想，即(1)「先做人，再做男人
或女人」，強調女人與男人負有同等的權利與義務；(2)「是什麼、像什麼」，

是指男人及女人均應扮演好自己的角色; (3)「人盡其才」, 意謂每一個人
應以其志趣與能力, 不分性別地公平競爭與發展 (呂秀蓮, 1986)。

呂秀蓮當時即已意識到「臺灣的婦女問題, 絕不止於受過高等教育
的這一層面而已, 更嚴重的是中下層社會, 真有心為婦女命運奮鬥的人
自非『往下紮根』不可。」因此, 乃著手籌備「時代女性協會」, 於1972
年4月1日由法定三十一位發起人向臺北市社會局提出申請。(呂秀蓮,
1974, p.213-214) 協會申請九個月以後被拒絕, 理由是「其宗旨與婦女
會之宗旨頗多雷同, 自可加入婦女會為會員」(呂秀蓮, 1974, p.212)。
事實上, 也反應了當時官方以「非常時期人民團體組織法」對民間自發
性婦女組織所採取的抵制及壓抑的態度。

1972年10月, 呂秀蓮在臺大法學院左側開設供應餐飲及會議場所的
「拓荒者之家」, 但最後終因經營不善、用人不當及政治干擾, 於八個月
之後宣佈關門。(顧燕翎, 1989, p.111)

1976年開始, 呂秀蓮成立了由女性組成的「拓荒者出版社」, 由王
中平任發行人, 施叔青任總編輯。一年之內出版了十五本書及兩本小冊
子, 後因存書過多, 財務困難, 人事流動率也增大。

1976年2月在高雄「基督教福澤社會服務中心」, 創設「保護你」電
話專線, 替被遺棄或強暴的婦女提供法律、醫療、安全服務。高雄方面
的成功使得呂秀蓮有意在臺北提供類似服務, 但因部份人士的攻擊, 認
為強暴問題有礙國際視聽, 並易成為對岸統戰工具, 未獲准成立。(呂秀
蓮, 1977, p.231)

同年, 拓荒者在亞洲協會(The Asia Foundation)的贊助下從事「臺
北市家庭主婦現況調查」。呂秀蓮有鑑於知識就是力量, 一直有意設立婦
女資料中心。然而限於經費, 在拓荒者時代這個願望就一直未能實現。
這個願望在婦女新知時期由李元貞不斷遊說亞洲協會, 終於1985年5月
同意撥款, 而由當時仍是婦女新知社社務委員的姜蘭虹以臺大人口研究

中心的名義申請。同年 9 月,「婦女研究室」成立。(顧燕翎,1989,p.112–113)

綜觀呂秀蓮時期的臺灣婦女運動有以下幾個特色:

1.本土性:呂秀蓮自己即再三聲明,新女性主義不是「舶來品」,而是「當地土產」(呂秀蓮,1977, p.135; 1974, p.218),強調腳踏實地的實踐精神,同時對傳統性別角色亦採妥協的低姿態(顧燕翎,1989, p.115)。

2.妥協性:新女性主義的基本精神是「先做人,再做男人或女人」和「是什麼,像什麼」。 呂秀蓮自己就在《新女性主義》一書中寫道:「女人不能忘了自己永遠是女人……應該把自己的性別所持有的本質發揮無遺,於言行舉止,於裝束打點,於職責本份,莫不皆然。」(呂秀蓮,1977, p.142)這種妥協態度為新女性主義在保守的社會贏得了立足點。

3.批判性:呂秀蓮對於中國傳統社會重男輕女、男性中心以及對男女要求的雙重標準等都有所批判,並不斷憑藉其自身的法學素養,試圖在法律上尋求男女平等的基礎。例如她一再為文呼籲修改1929年制定的民法及國籍法中的不平等條款;催生「民法親屬編修訂草案」及「墮胎合法化」(李元貞,1986, p.4;顧燕翎,1989, p.116)。

這一時期臺灣婦女運動的發展,幾乎環繞著呂秀蓮一人對婦運的詮釋及行動,因此稱之為呂秀蓮時期當不為過。

(三)71年1月1日至76年7月15日(婦女新知時期)

婦女新知時期的核心人物李元貞從她自己的婚姻經驗中體驗到女性個性受到壓抑的苦悶並非源自個人心理狀態,而是「父系社會把女性角色類型化的結果」(顧燕翎,1989, p.118)。

李元貞在1982年2月創辦「婦女新知」雜誌以前,其間經歷了廣慈婦職所的失敗經驗(詳見顧燕翎,1989, p.119), 更令其體會到社會整體性女性自覺及成立自主性女性社團的重要性。

「婦女新知」雜誌，以「喚醒婦女、支援婦女、建立平等和諧的兩性社會」為宗旨，該刊歷年來曾 1.譯介西方女性主義經典著作， 2.以女性主義觀點討論中外文學、電影， 3.關注婦女相關法令之修改與制定， 4.編輯婦女新聞。

此外，「婦女新知」也對攸關婦女權益的法律修訂提出主張及堅持。例如1984年6月，「優生保健法」在立法院討論期間，「婦女新知」曾發動七個婦女團體，154名婦女（李元貞，1986, p.5）聯合簽署「我們對優生保健法草案第九條的最後呼籲」，要求對爭論性極高的第九條第五款及第六款保留行政院草案。當時除向立法院陳遞意見書以外，並到場旁聽，關注法案之進行，最後終獲通過。這也是由婦女團體出面施壓，致使法律得以通過的首例。

由於李元貞深切體會到婦女運動的成功，有賴社會整體性女性自覺及成立自主性女性社團推動各種活動，方能竟其功，因此她也鼓勵、協助其他婦女團體之成立，如「晚晴婦女知性協會」、「婦女展業中心」、「婦女研究室」及「主婦聯盟」等，以提昇婦女運動的層次。

綜觀此時期由李元貞主導的臺灣婦女運動有以下幾個特色：

1.動靜兼顧：一方面持續地以「婦女新知」雜誌做啟蒙的工作，從各種角度切入主題，以喚醒婦女意識；另一方面則推動各種活動，製造事件，引起大眾傳播媒體和社會大眾的注意。

2.關注並參與立法過程：此一時期的婦女運動領導人已深切體會到，有關婦女權益的保障，修法、立法應為最立竿見影的方法，因此積極介入各種攸關婦女權益的法律的制、修過程。

3.擴張觸角，增加婦女影響力：積極鼓勵並協助民間自發性婦女團體的成立，促使各團體成員能透過團體參與，提昇自我。

足見此一時期的婦女運動已逐漸脫離呂秀蓮時期，以單一個人為運動中心的色彩，而將重點置於團體的發展上；惟此一時期婦女運動的焦

點仍以婦女問題為重心，尚未能將觸鬚伸展至社會的其他問題上，一直要到解嚴以後，臺灣婦女運動的發展才真正多元化起來。

（四）76年7月16日至79年12月31日（解嚴以後婦女運動）

此一時期，由於政治上的解嚴，將社會力釋放出來，臺灣的婦女運動就在這樣的大環境底下真正地動了起來。民間自發性婦女（運）團體間，以及婦女（運）團體和社運團體間亦頻頻結合行動，關懷面由單純的婦女問題擴展為廣泛的社會關懷，例如環保、消費者權益、住屋問題等（有關此一時期的婦女運動大事紀，詳參翁秀琪，1992，第三節），影響層面自較前三時期為大。

足見上一時期臺灣婦女運動的特色在於其運動的多元發展及參考團體的形成，一個適合於婦運生長的環境似乎開始有了雛形。

值得注意的是，臺灣的婦女運動發展到這個階段，也開始出現了路線之爭。以「婦女新知」李元貞、顧燕翎為代表的一方主張婦女研究、婦女運動與女性主義三者應為三位一體血肉相連的關係，特別主張婦女研究應能提出女性主義的各種理論和方法，以領導婦女運動的導向，因此嚴屬批判以姜蘭虹為首的「婦女研究室」是「……排斥婦運，假學術之名信口胡說，不但攔淺了婦研，而且扯婦運後腿，使男性宰制女性的力量繼續強大……。」（李元貞，1991, p.7）（另請參考顧燕翎，1991；黃淑玲，1991；劉毓秀主持，婦女團體討論，1991）

表1　民間自發性婦女團體成立時間及負責人對照表

（民間自發性團體係由民間社會自發性建立之團體，具獨立運作功能，為團體成員爭取最佳利益。包括人民團體、學術研究單位，救援專案小組等。）

成立時間	團體名稱	負責人
1970	呂秀蓮「拓荒者出版社」	呂秀蓮
1982.2	婦女新知雜誌社	李元貞
1983	婦女展業中心	林勝美
1984.9	晚晴知性協會	林惠瑛
1985.3	臺大婦女研究室	姜蘭虹
1986.6	彩虹專案	廖碧英
1987.1.6	新環境主婦聯盟	徐慎恕
1987.2	現代婦女基金會	潘維剛
1987.5.1	進步婦女聯盟	曹愛蘭
解　嚴		
1987.8.2	臺灣婦女救援協會	王清峰
1987.10	婦女新知改組基金會	李元貞
1989.11.5	清大「兩性與社會研究室」成立	呂正惠
1990	臺北迎新會	錢田玲玲
1991	新女性聯合會	呂秀蓮

肆、婦女接近使用社會資源權

前節粗略介紹了臺灣婦女運動的背景，並為分析方便將之分期，亦

臚列出各期特色。本節另以「婦女接近使用社會資源權」概念凸顯我國婦女接近使用社會資源權的弱勢位置。

社會資源的取得，是權力取得的先決條件，因此，幾乎所有的社會運動團體都會儘量爭取更多的社會資源，以使運動成長茁壯。在諸多社會資源中，大眾傳播媒介可以算是最重要的一種，因為透過大眾傳播媒介的新聞報導，可以將改革者（運動者）的主張傳遞給潛在的支持者，並可為改革者招募新血。Molotch與Lester因此認為，界定事件為新聞的能力，本身就是政治力量的展現。因此，界定什麼是新聞的權力必須從有錢、有權、在上位者的手中奪取過來，以保證新的訊息（改革者或運動者的訊息）能通過「為既存體制服務的守門人」那一關而達到閱聽大眾。（轉引自Tuchman et al., 1978, p.186）

政治行動必須開發大眾傳播媒介作為它的資源，因此，大眾傳播媒介往往成為兵家必爭之地。

蕭新煌在〈臺灣新興社會運動的分析架構〉一文中（蕭新煌，1989，p.37），以「內部資源的動員能力」和「對外在社會衝突的程度」這兩個層面相互對應，形成 1.「內部資源的動員能力」低，「對外在社會衝擊的程度」低；2.「內部資源的動員能力」高，「對外在社會衝擊的程度」低；3.「內部資源的動員能力」低，「對外在社會衝擊的程度」高，以及 4.「二者均高」的四種社會運動類型，而婦女運動被蕭氏歸類為二者均低的第一種類型。（同前註，p.37）

那麼，到底臺灣的婦女運動在大眾傳播媒介這部份掌握了多少資源呢？以下研究者就以本研究所研究的五家報紙為對象，先提供一些具體的數據，以利討論。❺

---

❺　本節中表2，表3，表4之資料，係由電話採訪各大專新聞科系助教及五家報社採訪主任所得之統計數據。受訪者表示該數據可能因新學年度學生人數變化及報社人事流動而略有出入。

一、 男人和女人的戰爭?

在表2中,我們可以看到本研究之五家報社記者與主管之性別比例。就記者部份來看, 除了自立晚報是女記者略多於男記者外(女54.1%:男45.9%),其餘清一色是男多於女, 青年日報的男記者比例更高達76.2%, 為女記者(23.8%)的三倍多。至於男、女性主管間比例的差距就更為懸殊。

中國時報的男、女主管比例幾乎為九比一,其餘聯合報、自立晚報、青年日報也都在八比二左右,男女比例相差最少的中央日報也僅達六比四。

表2　國內五家報社記者及主管之性別比例

人數 \ 記者主管 \ 報別	記　　者			主　　管		
	男 n　%	女 n　%	總數	男 n　%	女 n　%	總數
中 央 日 報	35 58.3	25 41.7	60	7 63.6	4 36.4	11
聯 合 報	45 60.0	30 40.0	75	10 83.3	2 16.7	12
青 年 日 報	32 76.2	10 23.8	42	8 80.0	2 20.0	10
自 立 晚 報	17 45.9	20 54.1	37	5 83.3	1 16.7	6
中 國 時 報	48 66.7	24 33.3	72	15 88.2	2 11.8	17
總　　數	177 61.89	109 38.11	286	45 80.36	11 19.64	56

如果我們將表2的數據與表3的數據相互比較,就會更覺訝異。從表3的資料中我們發現,除了國立藝專廣電科以外,其餘各大專新聞傳播科系均是女多於男,例如師大社教系新聞組的女生和男生比例是85.3%:14.7%, 其餘各校也多在七比三, 或六比四左右。❻

表3　大專新聞傳播科系學生統計

人數 學校別　　　　男女別	男　　生		女　　生		合　計
	n	%	n	%	n
政治大學新聞系	110	23.1	265	76.9	475
師範大學社教系新聞組	11	14.7	64	85.3	75
輔仁大學大眾傳播系	234	31.4	512	68.6	746
文化大學新聞系	190	36.2	335	63.8	525
淡江大學大眾傳播系	153	33.8	300	66.2	453
世界新專三專/五專	353	43.0	467	57.0	820
專　　科 銘傳商專大傳科	0	0.0	265	100.0	265
大　一	27	48.2	29	51.8	56
國立藝專廣電科	62	67.4	30	32.6	92
政戰學校新聞系					144
總　計（未含政戰）	1140	33.5	2267	66.5	3407

　　表4中有關大專新聞傳播科系教師男、女比例資料也非常值得注意。資料顯示九所新聞及傳播科系的師資中，清一色是男多於女。其中以銘傳的男、女教師比例最懸殊，為九比一。最不懸殊的淡江也只是男、女教師各佔一半。

---

❻　研究者曾數次以電話聯繫政戰新聞系，惟助教表示礙於國防部規定，該系男女學生、男女師資之人數及比例數據未便公佈。表3，表4中政戰部份之數據係取材自「中華民國新聞年鑑」，p.42–43。表格內總計數字未含政戰。

表4　大專新聞傳播科系教師統計

男女別　人數　　　　學校別	男　　生		女　　生		合　計
	n	%	n	%	n
政　　大	29	76.31	9	23.69	38
師　　範	15	71.43	6	28.57	21
輔　　大	33	70.21	11	31.58	44
文　　大	25	78.13	7	21.87	32
淡　　江	19	52.78	17	47.22	36
世　　新（含專、兼）	33	61.11	21	38.89	54
銘　　傳	27	90.00	3	10.00	30
國　立　藝　專	19	82.61	4	17.39	23
政　　戰					15
總　　計（未含政戰）	200	71.9	78	28.1	278

　　可見，接受新聞傳播教育的學生雖然是女多於男，但是，教他們的老師是男多於女，而真正在大眾傳播媒體中工作的記者也是男多於女，主管中男、女的比例則更為懸殊。這樣的結果當然可以從許多不同的角度來解釋，但是，至少它顯示了在新聞記者、編輯這一行業，男性的就業機會較女性佳，昇遷為主管的機會更是男性優於女性甚多。❼換言之，女性接近使用媒介的機會，就接近載具部份而言，相較於男性是處於一

❼　國內的女記者多半負責軟性新聞，如文教、藝文、婦女生活等新聞的採寫，這些路線在報社內屬於較不重要的新聞，相對的，女記者昇遷的機會就較跑硬性新聞如國會、經濟、交通、黨政等男記者的昇遷機會少。（進一步的討論請參見林芳玫，1993）

種絕對的弱勢。這樣的現象對整個新聞產製的過程究竟有何影響?

誰有權界定什麼是新聞，誰就握有新聞建構的主導權。臺灣的婦女由於缺乏接近使用媒介的權利，因此，註定要遭受象徵符號上的消滅，也就是被責難、被瑣碎化、或根本不被呈現（更進一步的資料及討論詳見本文伍、陸兩部份）。

二、佈線結構

記者要在媒介組織內工作，勢必要學習媒介組織對新聞的定義，而這個定義往往是男性中心的（因為記者、編輯、主管、報社老板都是男多於女），受到佈線結構(the beat structure)牽制的（而傳統的媒介佈線結構基本上就限制了婦女新聞的發展）。對新聞的定義限制了記者和編輯對婦女新聞的處理態度，更危險的是，他們可能在不知不覺中已將這樣的「工作態度」內化為他們的「社會態度」了。

為了深入了解我國婦女運動新聞在報社內的佈線結構，研究者採訪談的方式❽，以了解本研究五家報社的佈線結構，現分別說明如下:

（一）中央日報

由三位女記者負責常態性婦女新聞路線，但也是搭配她們原先負責的路線一起跑。

女記者一: 負責跑外交部，兼跑中央層級如婦聯會等婦女團體。

女記者二: 負責跑文教路線，兼臺北市及地方層級如婦女會等團體。

女記者三: 負責生活版，跑婦女相關新聞。

其餘如有一些較機動性或突發性新聞，例如婦女團體參與環保示威活動等，則機動性分配給相關路線的環保記者負責。

（二）中國時報

---

❽　五家報社佈線結構，係由本研究之研究助理於民國81年研究執行期間以電話訪問報社之採訪主任所得之資料。

有關婦女相關新聞的報導，常態性的是由三位記者負責（二男一女），但他們都是搭配其他路線一起採訪。

女記者一：負責弱勢團體路線，但會作一些婦女問題的報導。同時兼文教記者代理人。

男記者一：負責較無特定屬性之全國性社團，兼跑婦女團體；其餘較具特定屬性之全國性社團，如環保、農業則由專門負責環保、農業的記者來跑。

男記者二：負責臺北市較無特定屬性之社團，兼跑婦女新聞。

這三位記者會因應情況，內部機動協調來採訪婦女相關新聞。其餘較生活化的、消費性的婦女消息則機動地由各線記者來採訪，例如：女性開車問題，可能由1.汽車產業（例如有無特定適用於婦女之車種），或2.交通（婦女駕車反應上與男性有何不同）角度來處理。

（三）聯合報

民間婦女團體的新聞由一位女性社團記者負責；官方性質的婦女團體則由一位男性政黨記者負責。此外，則視議題的特殊性，分配給合適的路線的記者負責，例如：女性勞工之勞資爭議由勞工記者負責。

另有一位男性記者，負責範圍廣泛的生活性新聞，也會經常處理一些有關婦女的訊息。

（四）自立晚報

婦女團體的消息由一位女性社團記者兼跑，例如：「婦女新知」提出勞資爭議問題，便由其採訪。

其他有關婦女的新聞，則機動地視「議題」而定，由相關路線的記者兼跑，例如：女工流產事件即由勞工記者採訪。

另外，民生組有一位女性記者專門採訪消費、婦女、科技等消息。

（五）青年日報

常態性婦女新聞由社團記者兼跑，軟性、消費或生活資訊（與婦女

有關者）則由生活版記者採訪。各記者負責部份分述如下：

男記者一：兼跑全國性政治團體如婦聯總會等。

男記者二：隸屬於臺北市新聞小組，凡臺北地域性婦女社團均由其兼跑。

另有女記者三人，為生活版記者，專門處理婦女生活保健消費等資訊。

其他相關婦女新聞，則視議題而定，由各專門路線之記者兼跑，例如女工工資問題，由勞工記者負責採訪。

從以上的分析，我們可以看出五家報社雖都有記者負責採訪婦女新聞，但多半附屬其他路線，主體性不強，多少限制了婦女新聞的發展。

Raschco (Raschco, 1975) 在《製造新聞》一書中指出，新聞主要目的在告訴我們外面世界發生了什麼事，而不一定是「知識」或「議題」導向的，因此，如果婦女運動者不經常製造「事件」即無法進入新聞的領域。

然而，許多研究也告訴我們，婦女運動者往往因為要使自己的運動能進入媒體，達到宣傳的效果，反而模糊了運動的面貌甚而被媒體醜化。(Van Zoonen, 1992)因此，婦女運動者往往陷入一種兩難的困境。

此外，報社站在經濟效益的立場，當然會將記者的路線安排在最有新聞的地方（例如：立法院、警察局等）。 因此，讀者經常會讀到一些無關痛癢的新聞，例如某位女立委的服裝、造型、髮飾，至於婦女運動者的訴求則反而不易上報。報社佈線的結構往往使讀者不會錯過一些諸如：立法院打架、火災、警匪槍戰和意外、災難新聞。也許大眾傳播媒介並非有意忽略婦女新聞，而是傳統的佈線結構基本上就限制了婦女新聞的發展。這當然大大限制了婦女接近使用大眾傳播媒介這個重要的社會資源的機會，這是絕對值得關注的問題。

伍、臺灣婦女運動的媒介真實 ❾

前節婦女接近使用媒介權的分析，已多少爬梳出隱藏在我國婦女運動媒介真實之後的結構性成因，❿以下就來一窺臺灣婦女運動的媒介真實。

一、在大眾傳播媒介（報紙）上，臺灣的婦女運動如何被呈現？

（一）婦女運動議論在各時期⓫的分佈狀況

與筆者民國80年所做的勞工運動研究（翁秀琪，1991, p.92–93）相較，勞工運動相關新聞在短短的六年半之內（民國72年8月1日至民國78年12月31日）即抽得696則新聞；而婦女運動相關新聞，在長達二十九年（民國50年1月1日至民國79年12月31日）的研究期間，總共才抽得526則新聞。相較之下，婦女運動新聞在幾近五倍長的時間裡所抽得的樣本還比勞工運動新聞少了170則。婦女運動新聞之不受國內大眾傳播媒介

---

❾ 本節資料取材自筆者民國81年的國科會專題研究第五章。

❿ 任何單一的歸因都是過份天真及大膽的作為，筆者自然知道其危險性。所以本文所處理的只是諸多影響臺灣婦女運動媒介真實的可能結構性因素之一罷了。

⓫ 婦女運動議論共分四期，其分期如下：
(1)50年1月1日至59年12月31日（中央婦工會主導時期）；
(2)60年1月1日至70年12月31日（呂秀蓮時期）；
(3)71年1月1日至76年7月15日（婦女新知時期）；
(4)76年7月16日至79年12月31日（解嚴以後婦女運動）。

重視可見一斑。

　　至於婦女運動議題在各時期的分佈狀況以第四期的則數最多（161則，30.6%），約佔全部則數的三分之一；其次是第三期（141則，26.8%），再來才是第二期（117則，22.2%），而以初期的107則(20.3%)最少。

（二）婦女運動議題在各報的分佈狀況

　　在整個研究期間中國時報有115則，佔21.9%，居第一位；其次是中央日報的110則，佔20.9%，青年日報以103則(19.6%)居第三位；聯合報和自立晚報則各以99則(18.8%)居第四位。

（三）婦女運動議題的呈現方式

　　婦女運動相關新聞出現的版次以第三版的97則(18.5%)最多，其次是第六版的56則(10.7%)，而第七版則以54則(10.35%)居第三位。（見表5）

表5　婦女運動議題在各版分佈狀況

版次 \ 排名 \ 則數、百分比	則數	百分比	排名
第　三　版	97則	18.5%	1
第　六　版	56則	10.7%	2
第　七　版	54則	10.3%	3
第　十　二　版	51則	9.7%	4
第　二　版	47則	9.0%	5
第　九　版	43則	8.2%	6
第　十　版	51則	6.7%	7
第　五　版	25則	4.8%	8

（*本表格僅列出前八名的版次，故未列總數）

刊載於頭版的婦女運動相關新聞在526則中僅得10則(1.9%)，比例非常低。進一步檢視這10則刊載於頭版的新聞的主題分別是：「婦女運動及團體」(4則，40%)，「婦女權益」(3則，30%)，「婦女意識」(2則，20%)，及「有關婦女之法令」(1則，10%)。在分析的526則報導中，僅有54則為各版頭條，佔10.2%。

（四）婦女運動報導的刻板印象化過程

研究發現，分析的報導中有212則(40.5%)有「衝突化」的趨勢，但有312則(59.5%)沒有「衝突化」的報導。至於「個人化」的報導，在524則中，有110則(21%)的報導有「個人化」的趨勢；但亦有414則(79%)的報導並未有「個人化」的報導。（見表6）

表6　報紙報導婦女運動議題時的刻板印象化運程

刻板印象化 過　　程	衝　突　化		個　人　化	
	n	%	n	%
有	212	40.5	110	21.0
無	312	59.5	414	79.0
總　計	524	100.0	524	100.0

與民國80年勞工運動的資料相比較，勞工運動相關報導中具有「衝突化」傾向的在696則中有397則（佔57%）；而有「個人化」傾向的報導僅有117則（佔16.8%）。

足見就「衝突化」報導的情況而言，勞工運動報導較婦女運動報導為多；但就「個人化」報導的情形來看，婦女運動議題則較勞工運動議題為普遍。

若就本研究四個議題生命週期來看，則「衝突化」和「個人化」的

報導在四個議題生命週期中均無顯著差異。

　　若就不同報紙的經營型態來看，則民營報明顯有「衝突化」的傾向，黨營報較少有「衝突化」傾向，而軍營報「衝突化」的比例最低。報紙經營型態和有無「衝突化」傾向的報導間達統計上的顯著差異。(X^2=9.7186, d.f.=4, P<.05)（見表7）

表7　報紙經營型態與報紙「衝突化」報導傾向

報別 衝突化	中　央		中　時		聯　合		青　年		自　晚	
	n	%	n	%	n	%	n	%	n	%
有	43	39.1	57	49.6	41	41.4	30	29.1	42	42.4
無	67	60.9	58	58.6	58	58.6	73	70.9	57	57.6
總　計	110	100.0	115	100.0	99	100.0	103	100.0	99	100.0

X^2=9.7186, d.f.=4, P=0.0454<0.05

　　資料顯示，報紙的經營型態和報紙的「個人化」報導傾向之間的確有關聯，且二者達到統計上的顯著程度(X^2=9.7186, d.f.=4, P<.05)。（見表8）

表8　報紙經營型態與報紙「個人化」報導傾向

報別 個人化	中　央		中　時		聯　合		青　年		自　晚	
	n	%	n	%	n	%	n	%	n	%
有	28	25.5	28	24.3	24	24.2	19	18.4	12	12.1
無	82	74.5	87	75.7	75	75.8	84	81.6	87	87.9
總　計	110	100.0	115	100.0	99	100.0	103	100.0	99	100.0

X^2=9.7186, d.f.=4, P=0.0454<0.05

　　足見，我國報紙在報導婦女運動新聞時，的確有「衝突化」和「個

人化」的刻板印象化趨勢，此點發現與西德之研究發現(Kepplinger, 1975)相同。同時，也支持了本文的基本觀點，媒介報導婦女運動時，有「衝突化」和「個人化」的傾向。同時，若以報紙經營型態來區分，整體而言，本研究資料顯示民營報在報導婦女運動時較黨營及軍營報更會以「衝突化」及「個人化」的手法來報導。

（五）婦女運動報導的主題

1. 整體分析

就整體的婦女運動報導主題來看，有關「婦女運動及團體」的報導份量最多，在526則中佔了108則(20.53%)，居第一位；其次是有關「婦女意識」的報導（101則，19.20%）；「婦女權益」相關報導佔第三位（84則，15.97%）。（見表9）

表9　婦女運動報導的議題

則數、百分比 排名 婦女運動議題	則數	百分比	排名
婦女運動及團體	108	20.53%	1
婦女意識	101	19.20%	2
婦女權益	84	15.97%	3
婚姻問題	72	13.69%	4
其　　他	65	12.36%	5
婦女角色	53	10.08%	6
有關婦女之法令	26	4.94%	7
婦女政策	17	3.23%	8
總　　計	526	100.0%	

2.就婦女政策、婦女法令及婦女權益分析

進一步分析報紙在報導婦女政策、婦女法令及婦女權益時的立場來看，則在相關的127則中有88則(69.29%)是「有利婦女」的報導，只有17則(13.39%)是「不利婦女」的報導，另有22則(17.32%)，是「無法判斷」有利或不利婦女者。因此，就婦女政策、法令及權益面來看，報紙有利婦女的報導較不利婦女的報導為多。（見表10）

表10　婦女政策、婦女相關法令、婦女權益報導所呈現的內涵

則數、百分比 婦女政策、法令 權益	則數	百分比
有利婦女	88	69.29%
不利婦女	17	13.39%
無法判斷	22	17.32%
總　　計	127	100.0%

3.婦女角色報導所呈現之內涵

在53則有關婦女角色的報導中，其中「使婦女停留在原來的位置上」的報導最多（32則，60.38%），其次依次是「呈現前進的婦女形象」，共14則(26.42%)，「貶低婦女」（3則，5.67%）；「承認婦女是完全平等的」和「非刻板印象的」報導各有2則（各佔3.78%）。（見表11）

表11　婦女角色報導所呈現之內涵

則數、百分比、排名 婦女角色	則數	百分比	排名
貶低婦女	3	5.67%	3
使婦女停留在原來的位置上	32	60.38%	1
呈現前進的婦女形象	14	26.42%	2
承認婦女是完全平等的	2	3.78%	4
非刻板印象的	2	3.78%	4
總　　　計	53	100.0%	

可見報紙在報導婦女角色問題時，還是採取一種比較傳統、保守的角度和立場。

4.婦女意識報導所呈現之內涵

在101則有關「婦女意識」的報導中，「有利婦女意識成長」的只有36則(35.64%)；大多數為「不利婦女意識成長」之報導(50則，49.50%)；「中立」的報導有9則(8.91%)；其餘為「無法判斷」之報導(6則，5.94%)。(見表12)

資料顯示，有一半的報導是不利婦女意識成長的，這樣的實證資料值得我們重視。

5.婚姻問題報導所呈現之內涵

在72則有關婚姻問題的報導中，有39則(54.17%)是「鼓吹傳統家庭倫理」的；只有16則(22.22%)是「強調女性在婚姻關係中應追求人格之獨立與完整」；另有17則(23.61%)則屬「無法判斷」者。(見表13)

表12　婦女意識報導所呈現之內涵

則數、百分比 婦女意識	則數	百分比
有利婦女意識成長	36	35.65%
不利婦女意識成長	50	49.50%
中　　立	9	8.91%
無法判斷	6	5.94%
總　　計	101	100.0%

表13　婦女婚姻問題報導所呈現之內涵

則數、百分比 婚姻問題	則數	百分比
鼓吹傳統家庭倫理	39	54.17%
強調女性在婚姻關係中應追求人格之獨立與完整	16	22.22%
無法判斷	17	23.61%
總　　計	72	100.0%

　　足見國內報紙在報導婚姻問題時亦多採取較傳統、保守之角度:「鼓吹傳統家庭倫理」。

　　綜合這一部份的研究發現，國內報紙在報導婦女運動相關議題時，就主題部份而言，雖然就「婦女意識」、「婚姻問題」和「婦女角色」等均多所著墨，惟報導時採取較傳統、保守之角度，並不利於我國婦女角

色之提昇和婦女意識之成長，只有在「婦女權益」和「婦女法令」部份，有較多「有利婦女」之報導。換言之，報紙對婦女運動之報導，工具性的意義大過結構性之意義。

（六）婦女運動報導的主角

被報導最多的五個主角類目依次是：

⑴「一般婦女」	（234則，44.6%）
⑵「個人」	（78則，14.9%）
⑶「官方性婦女團體」	（56則，10.7%）
⑷「其他」	（46則，8.8%）
⑸「民間自發性婦女團體」	（27則，5.1%）

（七）婦女運動報導之社會價值立場

資料顯示在525則（漏錄一則）報導中，「有利婦女運動」者有162則(30.9%)；「不利婦女運動」者有142則(27%)；「中立」者有148則(28.2%)；而「無法判斷」者有73則(13.9%)。

二、大眾傳播媒介（報紙）內容如何呈現「女性角色」與「婦女意識」相關議題？

資料顯示，在本研究的四個時期中，對婦女角色呈現並無明顯差異（$X^2=15.8601$, d.f.=12, P>.05）（參見表14）。各時期對「婦女」角色的處理都以第二級「停留在原來位置」最多，同時，這種現象並不因解嚴而有所改變。

表14　議題生命週期與婦女角色之呈現

時期／婦女角色	第 一 期		第 二 期		第 三 期		第 四 期	
	n	%	n	%	n	%	n	%
貶低婦女	1	14.3	—		2	11.8	—	
停留在原來的位置上	6	85.7	7	70.0	7	41.2	12	63.2
前進形象	—		3	30.0	6	35.2	5	26.3
完全平等的	—		—		2	11.8		
非刻板印象	—		—		—		2	10.5
總　計	7		10		17		19	

X^2=15.8601，d.f.=12，P=0.1977>0.05

　　我們也進一步發現，各報在處理「婦女角色」報導時，仍以第二級「停留在原來位置」的方式處理者最多，並不因報紙經營型態的不同而有所不同(X^2=14.8766, d.f.=16, P>.05)。(參見表15)

表15　報紙經營型態與婦女角色之呈現

報別／婦女角色	中 央		中 時		聯 合		青 年		自 晚	
	n	%	n	%	n	%	n	%	n	%
貶低婦女	1	6.3	—		1	12.5	—		1	33.3
停留在原來的位置上	9	56.3	7	46.7	6	75.0	9	81.8	1	33.3
前進形象	5	31.3	6	40.0	1	12.5	1	9.1	1	33.3
完全平等的	—		1	6.7	—		1	9.1	—	
非刻板印象	1	6.3	1	6.7	—		—		—	
總　計	16		15		8		11		3	

X^2=15.8601，d.f.=12，P=0.1977>0.05

　　整體而言，我們可以看出我國報紙在處理「婦女角色」問題時，並不因政治上的解嚴，社會力的釋放而有所改善。

　　就報紙如何呈現「婦女意識」相關議題來看，各時期的報導並無明顯差異(X^2=12.3335, d.f.=9, P>.05)。（參見表16）解嚴以前，以「不利」婦女意識發展的報導居多，三期均超過百分之五十，而解嚴以後，「有利」的報導(47.1%)略多於「不利」的報導(38.2%)。

表16　議題生命週期與婦女意識之呈現

時　期 婦女意識	第　一　期 n　　　%	第　二　期 n　　　%	第　三　期 n　　　%	第　四　期 n　　　%
有　利	3　17.6	11　39.3	6　27.3	16　47.1
不　利	11　64.7	14　50.0	12　54.5	13　38.2
中　立	3　17.6	—	2　9.1	4　11.8
無法判斷	—	3　10.7	2　9.1	1　2.9
總　計	17	28	22	34

　　若以報紙經營型態加以區分，則各報在報導「婦女意識」相關議題時亦未有顯著差異(X^2=9.2773, d.f.=12, P>.05)（見表17）。除聯合報外，各報「不利」婦女意識發展的報導均多於「有利」婦女意識之報導。

三、不同經營型態媒體及其對婦女運動議題之報導

　　就刊載的總篇幅而言，以中國時報居冠，其餘依次是中央日報、自立晚報和聯合報，而以青年日報的報導篇幅最少。但是若就平均數而言，中國時報仍然最多，自立晚報躍居第二位，其餘依次是中央日報和聯合報，而青年日報依然墊後。（參見表18）

表17　報紙經營型態與婦女意識之呈現

報　別 婦女意識	中　　　央 n		中　　　時 n		聯　　合 n		青　　年 n		自　　晚 n	
	n	%	n	%	n	%	n	%	n	%
有　　利	4	25.0	10	40.0	11	44.0	5	35.7	6	28.6
不　　利	9	56.3	14	56.0	11	44.0	6	42.9	10	47.6
中　　立	2	12.5	—		3	12.0	1	7.1	3	14.3
無法判斷	1	6.3	1	4.0	—		2	14.3	2	9.5
總　　計	16		25		25		14		21	

X^2=9.2773，d.f. =12，P=0.6791>0.05

表18　各報對婦女運動議題之報導篇幅

報導篇幅 報別	總篇幅 （平方公分）	排名	平均數 （平方公分）	排名
中央日報	15001	2	136.37	3
中國時報	16927	1	147.19	1
聯合報	12934	4	130.65	4
青年日報	9889	5	96.01	5
自立晚報	14103	3	142.46	2

　　資料顯示，我國大眾媒體（報紙）對婦女運動的報導篇幅，民營多於黨營，黨營又多於軍營。以單因子變異數分析檢定報導篇幅及注意力分數與經營型態之間的差異，結果發現不論是報導篇幅或注意力分數均會因經營型態而有顯著差異。其中青年日報與中國時報、自立晚報和中央日報之間的報導篇幅更達統計上的顯著程度（詳見表19）。在注意力分數方面，青年日報對婦女運動報導的注意力分數與其餘四報均有顯著差異。（參見表20）

表19   報紙經營型態與報導篇幅之變異數分析

來源	自由度	平方和	均　方	F值
組別	4	172425.1878	43106.2970	5.6101**
組內	512	4003223.671	7683.7307	
總計	516	4175648.859		

＊＊P=0.002>0.01

組間差異（以雪菲檢定檢證）

報　別	平　均面　積	報			別	
		中央	中時	聯合	青年	自晚
中央	136.3727	—				
中時	147.1913		—			
聯合	130.6465			—		
青年	96.0097	＊	＊		—	＊
自晚	142.4545					—

＊顯著差異

表20 報紙經營型態與報紙注意力分數之變異數分析

來源	自由度	平 方 和	均　　方	F值
組別	4	22.8180	5.7045	5.8553**
組內	512	498.8106	0.9742	
總計	516	521.6286		

＊＊P=0.0001<0.01

組間差異（以雪菲檢定檢證）

報　別	平　均 面　積	報　　　　　　別				
		中央	中時	聯合	青年	自晚
中央	1.3486	—				
中時	1.3825		—			
聯合	1.3030			—		
青年	0.8500	＊	＊	＊	—	＊
自晚	1.4468					—

＊顯著差異

　　至於對婦女運動相關主角的報導，本研究資料顯示各報在處理婦女運動相關主角時有極明顯之不同。（詳見表21）

表21　報紙經營型態與被報導主角

時　期＼主　角	中　央		中　時		聯　合		青　年		自　晚	
	n	%	n	%	n	%	n	%	n	%
中央政府	7	6.4	1	0.9	5	5.1	1	1.0	—	
地方政府	—		—		—		4	3.9	—	
中央民意機關	—		2	1.7	2	2.0	1	1.0		
地方民意機關	—		—		1	1.0	5	4.9		
官方性婦女團體	15	13.6	3	2.6	2	2.0	34	33.0	2	2.0
民間統合性婦女團體	5	4.5	1	0.9	2	2.0	7	6.8	1	1.0
民間自發性婦女團體	5	4.5	7	6.1	7	7.1	1	1.0	7	7.1
學者專家	3	2.7	5	4.3	6	6.1	—		—	
政府官員	1	0.9	2	1.7	2	2.0	2	1.9	1	1.0
民意代表	5	4.5	5	4.3	2	2.0	2	1.9	3	3.1
個　　人	16	14.5	22	19.1	15	15.2	11	10.7	14	14.1
一般婦女	43	39.1	62	53.9	47	47.5	27	26.2	55	55.6
其　　他	10	9.1	5	4.3	8	8.1	8	7.8	16	16.2
總　　計	107		115		99		103		99	

X^2=71.1410, d.f. =48, P=0.0000<0.01

　　資料顯示，各報在報導婦女運動時，除青年日報外，都最重視「一般婦女」的報導。對於婦女團體的報導，以軍營的青年日報和黨營的中央日報較重視「官方性婦女團體」和「民間統合性婦女團體」的報導，至於民營的聯合報、自立晚報和中國時報則較重視「民間自發性婦女團

體」的報導。

　　實證資料顯示，對婦女運動相關主角的報導，民營較偏重於民間自發性婦女團體，而黨營和軍營較偏重於官方性婦女團體和民間統合性婦女團體的報導。

陸、討論

　　本文旨在了解臺灣的大眾傳播媒體（報紙）是如何報導婦女運動此一議題，而在報導時又受到那些因素的影響。以下就根據本文的幾個重要發現提出討論，同時回答本文所提出的研究問題二及研究問題三（研究問題一已呈現於本文參的部分）。

一、在大眾傳播媒介（報紙）上，臺灣的婦女運動如何被呈現？

（一）媒介的確會根據「衝突化」和「個人化」的刻板印象過程來報導新聞事件

　　本研究的實證資料顯示，報紙在報導婦女運動議題時，的確有「衝突化」和「個人化」的刻板印象化過程存在，而「衝突化」的傾向較「個人化」傾向更為明顯。

　　若就不同的議題生命週期來檢證，「衝突化」和「個人化」的報導在四個議題生命週期中均無顯著差異。但若就報紙不同的經營型態來看，則民營報明顯有「衝突化」的傾向，黨營報較少有「衝突化」傾向，而軍營報「衝突化」的比例最低。報紙經營型態和有無「衝突化」傾向的報導間達統計上的顯著差異。

　　而報紙的經營型態和報紙的「個人化」報導傾向間的確有關聯，且

二者達到統計上的顯著程度。

這樣的結果顯示,「衝突化」和「個人化」是一種常態的「刻板印象化過程」,它不會因議題生命週期之不同而有所不同,在本研究長達二十九年實證資料中,這種趨勢均維持不變。但是,這種刻板印象化過程的運用,的確會因為報紙的經營型態不同而有差異,民營報所面臨的市場競爭壓力較黨營和軍營報為大,因此它們更會以「衝突化」和「個人化」的刻板印象化過程來吸引其讀者。

本研究於理論建構部份曾指出,馬奎爾 (McQuail, 1987 2nd, Edn, p.51-53)認為大眾傳播媒介是「社會關係的中介」,媒介機構是從事知識的生產、複製及發行,並扮演客觀真實及個人親身經驗的中介角色。媒介所展現的象徵事實乃取材自真實世界,並對眾多素材均予以選擇及處理,經常企圖簡化社會衝突事件的報導。

賀許則認為,媒介選擇訊息會受「人物」的影響而西德凱普林傑1975年的研究(Kepplinger, 1975)則發現大眾傳播媒介在報導特殊議題 (如文學性報導) 時,的確有所謂「刻板印象化過程」,而「刻板印象化過程」中最常被採取的就是「衝突結構」和「個人化」兩種方式。

筆者民國80年所作的研究「傳播內容與社會價值變遷——以報紙對勞工運動的報導為例」,也發現我國報紙在報導勞工運動相關議題時的確有「衝突化」和「個人化」的刻板印象化過程存在。

而本文所舉實證資料也顯示,我國報紙在報導婦女運動相關新聞時,也有「衝突化」和「個人化」的刻板印象化過程存在。

這一連串的研究結果都再一次的映證了新聞是高度選擇的產品,在選擇的過程中,有許多因素會影響新聞報導的最後風貌,本研究探討眾多因素當中的兩個:新聞價值 (「衝突化」和「個人化」是兩個重要的新聞價值) 及媒介經營型態。

在每日發生的眾多事件中,惟有那些具有「新聞價值」的才會被記

者報導出來。而新聞價值的取決，一方面固然取決於守門的記者編輯的專業觀點，另一方面也來自於組織規範，二者的交互作用，影響了最後呈現在閱聽大眾面前的新聞報導風貌，塑造了閱聽大眾對外在世界的「腦中圖像」。這多少支持了前揭「工具實現化模式」的觀點（詳見本文貳·一）。

就婦女運動相關議題報導的研究而言，我們還必須注意的是：誰在定義什麼是「新聞」？誰在決定「新聞價值」？

Molotch（轉引自 Tuchman, et al., 1978）指出，新聞是由男性觀點來界定。新聞界定的過程加強了刻板印象，而這正符合擁有媒介的男性的需要。

Epstein於1978年編《婦女與新聞》一書(Epstein, 1978)，指出新聞是由男性編輯透過其男性觀點加以界定的。因此，女性不論作為團體或個人都很難接近媒介以表達她們自己的觀點。

Molotch與Lester也指出，界定事件為新聞的能力，本身就是政治力量的展現。(Tuchman, et al., 1978, p.186)

本文於肆「婦女接近使用社會資源權」一節中以訪談方式發現本研究的五家報社雖都有記者負責採訪婦女新聞,但多半附屬於其他路線，並兼跑其他路線，主體性不強，相當程度地限制了婦女新聞的發展，而該節統計數據也顯示，國內接受新聞傳播教育的學生雖然是女多於男，但是，教他們的老師是男多於女，而真正在大眾傳播媒體中工作的記者也是男多於女，主管中男與女的比例則更懸殊。足見，我國女性接近使用媒介的機會，相較於男性是處於一種絕對弱勢地位。

（三）不同經營型態的報紙在媒介報導量及報導的主角上雖有不同，但在「婦女角色」和「婦女意識」的報導上並無不同

這個部份的發現非常值得注意，可分為以下幾點討論。

1.無論其經營型態為黨營、軍營或民營，各報在報導「婦女角色」時，均以第二級「停留在原來位置」最多，這種現象並不因政治上的解嚴而有所改變。而在處理「婦女意識」議題時，各報「不利」婦女意識發展的報導均多於「有利」婦女意識之報導，也不因經營型態有所差異。

這樣的實證數據顯示的最直接的意義是：大眾傳播媒介在處理婦女運動議題時，所扮演的是一種社會控制的壓抑社會變遷的角色，並不因經營型態不同而有所不同。

2.就刊載的篇幅而言，是民營多於黨營，黨營又多於軍營。就對婦女運動議題的重視程度（以注意力分數測量之）而言，是民營的自立晚報最重視婦女運動議題之報導（注意力分數：1.4468），其餘依次是中國時報(1.3826)、中央日報(1.3486)、和聯合報(1.3030)，而以軍營的青年日報最不重視此議題之報導，其注意力分數之平均數僅為0.8500。

3.各報在報導婦女運動時，除青年日報外，都重視「一般婦女」的報導。對於婦女團體的報導，以軍營的青年日報和黨營的中央日報較重視「官方性婦女團體」和「民間統合性婦女團體」的報導，至於民營的聯合報、自立晚報和中國時報則較重視「民間自發性婦女團體」的報導。

鄭瑞城 (1990, p.17) 在從消息來源途徑分析近用媒介權時，引用Cohen和Young (Cohen & Young, 1981, p.13-14)的分類方式，指出吾人可用操縱模式 (Manipulative Model) 和市場模式 (Market Model) 來分析媒介近用權，並可得出兩種截然不同的詮釋，而鄭瑞城以為臺灣大眾傳播媒介結構現狀以操縱模式來解釋似更為貼切。操縱模式將大眾媒介視為製造及傳輸霸權意識的主要工具之一 (Gitlin, 1980, p.253)，而媒介為了有效控制大眾，自會「構築過濾系統，減弱或汰除不利統治階級利益，有損霸權意識和政治體系合法性的消息來源人物及其所帶來的符碼」(鄭瑞城，1990, p.17)。

　　基於這樣的觀點，則我國大眾傳播媒介（報紙），　不分經營型態長期以來鼓吹男性中心、男尊女卑；就社會分工而言，則強調家庭倫理、鼓吹男主外、女主內的傳統分工方式；就婦女角色定位而言是貶低婦女，使婦女停留在原來的位置上的表現，就比較容易了解了。基於同樣的觀點，則為什麼軍營的青年日報和黨營的中央日報較重視「官方性婦女團體」和「民間統合性婦女團體」的報導，而民營聯合報、自立晚報和中國時報較重視「民間自發性婦女團體」的報導的理由也較易解了。

二、有那些結構性的因素導致臺灣的婦女運動會以目前的面貌被呈現？——婦女遭受「象徵符號的消滅」的結構性因素

　　Tuchman 等(Tuchman, Daniels and Benet, 1987)根據Lasswell的說法，認為大眾傳播媒介的功能之一是在傳遞社會遺產，特別是主流文化遺產，而其中性別角色是極為重要的主流文化遺產。

　　Tuchman等因此認為大眾傳播媒介上，女性註定要遭受象徵符號上的消滅，也就是被責難、被瑣碎化，或根本不被呈現（被消滅於無形）。

　　Tuchman等進一步從機構內情境、機構間情境和閱聽人情境來探討大眾傳播媒介如何讓女性象徵性的消滅。就機構內情境而言，例如，大眾傳播媒介內缺乏女性工作者，不足以引起改變；男性主宰的新聞界定過程，女性對此界定過程缺乏接近權；就媒介訊息而言，例如，同一位老闆擁有多種媒介，跨媒介地對女性作象徵性消滅。就閱聽人情境方面，探討象徵性消滅如何透過媒介議題設定及電視社會化效果來達到其影響力。

　　Molotch（轉引| Tuchman, et al., 1978）指出報紙很少報導婦運是由於婦運不符合男人的利益，而男人是用「男性的世界觀」來報導與編輯的。

在本研究長達二十九年的研究期間，研究者總共才抽得526則婦女運動相關的新聞，與研究者民國80年所作的勞工運動研究相比，本研究在幾近五倍長的時間裡所抽得的樣本還比勞工運動研究少了170則。婦女運動新聞之不受重視可見一斑，這或許就是Tuchman所謂的「象徵性的消滅」的最佳佐證。

另就本研究的實證資料顯示，國內報紙在報導婦女運動相關議題時，就主題部份而言，雖然針對「婦女意識」、「婚姻問題」和「婦女角色」等均多所著墨，惟報導時均採取較傳統、保守之角度，就「婦女角色」部份的報導而言，更有多達60.38%的報導是「使婦女停留在原來的位置上」，並不利於我國婦女角色之提昇和婦女意識之成長，只有在「婦女權益」和「婦女法令」部份有較多「有利婦女」之報導，其工具性意義實大過結構性意義。

進一步的實證資料也顯示，在本研究的四個時期中，不同經營型態的報紙在呈現「女性角色」和「婦女意識」上均無顯著差異。就「婦女角色」而言，各時期和各報的處理都以第二級「停留在原來位置」最多。就「婦女意識」而言，各時期和各報的報導並無顯著差異。

整體而言，我國報紙在處理「婦女角色」問題時，並不因政治上的解嚴，社會力的釋放而有所改善。主要原因可能就是本文在肆「婦女接近使用社會資源權」一節中所提及的結構性因素所導致。也是Tuchman等所指的不利於女性的機構內情境，而這些結構性的因素絕不會主動改變，除非婦女能有更多接近使用媒介的機會，除非婦女新聞的路線結構能產生以婦女為主體的結構性變遷，除非婦女能獲得新聞界定過程的主控權，才能對現狀有所改善。

婦女意識和婦女角色的提昇，是全球婦女運動的主要核心目標之一，而我國報紙長期以來對「婦女意識」的報導是「不利」婦女意識發展，而對「婦女角色」的報導則以第二級的「停留在原來位置」為報導主軸。

我國媒介環境中這種長時期不利於婦女運動發展的報導，值得所有關心我國婦女運動發展人士的關注。女性在實際生活中其實遠較大眾傳播媒介內容中所呈現的具有多樣性。（詳見本文參，臺灣婦女運動的「社會真實」——問題的背景）然而媒介提供的資訊，正如Boulding所說的「心像」(Image)，會影響建構我們兩性的期望與觀點。大眾媒介持續地提供有關文化環境、世界概況、兩性關係的符號訊息。當大眾傳播媒介一致地貶低或侷限女性的形象時，其所可能產生的結果絕對值得吾人深思。

參考書目

中文部分

中央婦女工作會(1987):《溫馨與關懷》,臺北:中央婦女工作會。

呂秀蓮(1974):《新女性主義》,(初版),臺北:幼獅。

(1977):《新女性主義》,(修訂版),臺北:拓荒者。

(1986):《新女性主義》,(修訂版),臺北:敦理出版社。

李元貞(1986):〈婦女運動的回顧與展望〉,《婦女新知》,53期,p.4-6。

(1991):〈一個憤怒與憂傷的心路歷程——臺灣婦運與婦女研究〉,《婦女新知》,113期,p.7-9。

周碧娥、姜蘭虹(1989):〈現階段臺灣婦女運動的經驗〉,徐正光、宋文里合編(1989):《臺灣新興社會運動》,臺北:巨流,p.79-101。

吳淑俊(1989):〈報紙「消費者保護新聞」報導之研究〉,臺北:輔仁大學大眾傳播研究所碩士論文。

林宇玲(1991):〈由霸權理論觀點解讀報紙對選舉的報導——以78年臺北縣長選舉為例〉,政大新聞研究所碩士論文。

林芳玫(1993):〈媒體陽謀論——專業主義、精英文化、與商業力量對女性的三重歧視〉,大專院校兩性教育通識課程教學研討會發表論文(1993年5月29日,於臺大思亮館)。

翁秀琪(1989):〈從兩個實證研究看大眾媒介如何建構社會真實〉,《新聞學研究》,41集,p.125-135。

(1991):〈傳播內容與社會價值變遷——以報紙對勞工運動的報導為例〉,國科會專題研究。

(1992):〈傳播內容與社會價值變遷——以報紙對婦女運動的報導為例〉,國科會專題研究。

陳秀鳳(1990):〈我國主要報紙政治衝突事件報導初探——以中央日報、

中國時報、自立晚報有關民主進步黨街頭運動報導的內容分析〉，
　　臺北：輔仁大學大眾傳播研究所碩士論文。

劉毓秀主持，婦女團體討論(1991)：〈臺灣婦運的路線與策略〉，《婦女新
　　知》，114期，p.23-24。

黃淑玲(1991)：〈狸貓換太子──婦女研究在臺灣〉，《婦女新知》，113期，
　　p.2-3。

陳雪雲(1991)：〈我國新聞媒體建構社會現實之研究──以社會運動報導
　　為例〉，國立政治大學新聞研究所博士論文。

張錦華(1991)：〈電視及報紙選擇新聞報導意義分析──以78年臺北縣長
　　選舉為例〉，國科會專題研究計劃。

鄭瑞城(1991)：〈從消息來源途徑詮釋近用媒介權：臺灣的驗證〉，《新聞
　　學研究》，45集，p.39-56。

謝錦芳(1990)：〈我國主要報紙之社會價值趨勢分析──有關勞工問題的社
　　論初探(1969～1988)〉，臺北：輔仁大學大眾傳播研究所碩士論文。

蕭新煌(1987)：〈臺灣新興社會運動的分析架構〉，徐正光、宋文里合編
　　(1989)：《臺灣新興社會運動》，臺北：巨流，p.21-46。

顧燕翎(1989)：〈女性意識與婦女運動的發展〉，中國論壇編委會主編
　　(1989)：《女性知識份子與臺灣發展》，臺北：聯經，p.91-134。

西文部分

Adoni, H. & S. Mane (1984). Media and the Social Construction of
　　Reality: Toward an Integration of Theory and Research, in *Com-*
　　munication Research, (11): 323-340.

Berkowitz, D. (1987). TV News Source and News Channel: A Study in
　　Agenda-Building, in *Journalism Quarterly*, 64 (2): 500-513.

Brown, J. D., et al. (1987). Invisible Power: Newspaper News Source and
　　the Limits of Diversity, in *Journalism Quarterly*, Vol.64: 45-54.

Butler, M. & W. Paisley (1980).*Woman and the Mass Media*. New York: Human Sciences Press.

Cohen, S. & J. Young (eds.) (1981).*The Manufacture of News—Social Problems, Deviance and Mass Media*. Beverly Hills, Calif.: Sage.

Epstein, L. K. (eds.) (1978).*Women and The News*. New York: Hastings House, p.87–108.

Farganis, S. (1986). *Social Reconstruction of the Femine Character*.New York: Totawa.

Fishman, M. (1980).*Manufacturing the News*. Austin, London: University of Texas Press.

(1982). News and Nonevents. Making the Visible Invisible, in J.S. Ettemaand D.C. Whitney (eds.), *Individuals in Mass Media Organizations: Constraint*. Beverly Hills, London, New Delhi: Sage.

Freeman, J. (1975).*The Politics in Woman's Liberation*. New York:David McKay.

Gans, H. J. (1970). *Deciding What's News. A Study of CBS Evening News, NBC Night News, Newsweek and Time*. New York: Random House.

(1979). Source and Jouranlists, in H. J. Gans (1979). *Deciding What's News: A Study of CBS Evening News, NBC Night News, Newsweek and Time*. New York: Random House, p.116–145.

Galtung, J. & M. H. Ruge (1965). The Structure of Foreign News. The Presentation of the Congo, Cuba and Cyprus Crises in Four Norwegian Newspapers, in *Journal of Peace Research* (2): 64–91.

Gerbner, G. & D. Marvanyi (1977). The Many Worlds of the World's Press, in *Journal of Communication*, 27 (1): 52–66.

Gieber, W. J. (1964). News is What Newspapermen Make It, in L. A. Dexter and D. M. White (eds.), *People, Society and Mass Communication*. London: The Free Press of Glen.

Gitlin, T. (1980). *The Whole World is Watching—Mass Media in the Making and Unmaking of the New Left*. Berkeley: University of California Press.

Glasgow University Media Group (1976). *Bad News*. London: Routledge & Kegan Paul.

Glasgow University Media Group (1980).*More Bad News*.London: Routledge & Kegan Paul.

Hall, S. (1980). Encoding/Decoding, in Gall, et al., (eds.) *Culture, Media, Language*. London: Hutchinson.

(1982).The Rediscovery of 'Ideology' in Media Studies, in M.Gurevitch,et al., (eds.) (1982). *Culture, Society, and The Media*. London: Methuen, p.56–90.

Kepplinger, H. M. (1975).*Realkultur und Medienkultur*. Freiburg, München:Alber-Broschur.

(1989a). " Theorien der Nachrichtenauswahl als Theorien der Realität" , *Politik und Zeitgeschichte*, Beilage zur Wochenzeitung das Parlament 7, April: 3–16.

(1989b). "Instrumentelle Aktualisierung.Grundlagen einer Theorie Publizistischer Konflikts" , *Könlner Zeitschrift für Sozialpsychologie* 27: 199–220, zitiert nach J. F. Staab, 1990.

Kepplinger, H. M. & H. Roth (1987). Kommunikation in der Ölkrise des Winters 1973/74. Ein Paradigma für Wirkungsstudien, in *Publizistik*, Vol.23: 337–356.

Kepplinger, H. M. & M. Hachengerg (1980). "Die fordernde Minderheit —Eine Studie zum soziale Wandel durch Abweichendes Verhalten am Beispiel der Kriegsdienstverweigerung", *Kölner Zeitschrift für Sozialpsychologie*, Sonderdruck aus Heft 3, 1980.

Klein, Ethel (1984). *Gender and Politics: From Consciousness to Mass Politics*. Cambridge: Harvard University Press.

Lappalainen, T. (1988). Cultural Functionalism: The Function of the Press in Economic Power Relations, in *European Journal of Communication*; 3: 375–96.

Lippman, W. (1922). *Public Opinion*. New York: MacMillan.

McQuail, D. (1987,2ed.). *Mass Communication Theory—an Introduction*, Beverly Hills: Sage.

Orwant, J. & M. Cantor (1977). How Sex Stereotyping Affects Perceptions of News Preferences, in *Journalism Quarterly*, 54: 99–108.

Ostgaard, E. (1965). Factors Influencing the Flow of News, in *Journal of Peace* Research (2): 39–63.

Pingree, S., R. P. Hawkins, M. Butler & W. Paisley (1976). A Scale for Sexism, in *Journal of Communication*, Vol.26, No.4, p.193–200.

Pingree, S. & R. P. Hawkins (1978). News Definitions and Their Effects on Women, in L. K. Epstein (1978). *Women and the News*. New York: Hastings House, p.116–133.

Raschco, B. (1975).*News Making*. Chicago: University of Chicago Press.

Robinson, G. J. (1970). Foreign News Selection is Non—Linear in Yugoslavia's Tanjug Agency, *Journalism Quarterly* 47: 340–51. (1978). Women, Media Access and Social Control, in L. K. Epstin (ed.)

(1978). *Women and the News*. New York: Hastings House, p. 87–108.

Rosengren, K.E. (1979). Bias in News: Methods and Concepts, *Studies of Broadcasting* 15: 31–45.

(1981a). Mass Communications as Cultural Indicators. Sweden 1945–1975, in *Communication Review Yearbook*, Vol. 2, p.717–737.

(1981b). Mass Media and Social Change : Some Current Approaches, in E. Katz & T. Szecsko (eds.) *Mass Media and Social Change*. Beverly Hills and London: Sage, p.247–263.

Rosengren, K. E. & G. Rikardsson (1974). Middle East News in Sweden, in *Gazette* (20): 99–116.

Schulz, W. (1976). *Die Konstruktion von Realität in der Nachrichtenmedien, Analyse der Aktuellen Berichterastattung*. Freiburg/München: Alber.

(1982). News Structure and People's Awareness of Political Events, in *Gazette* (30): 139–153.

Staab, J. F. (1990). The Role of News Factors in News Selection: A Theoretical Reconsideration, in *European Journal of Communication*,Vol.5: 423–443.

Tuchman, G. (1978). *Making News. A Study in the Construction of Reality*. New York: Free Press.

(1981). The Symbolic Annihilation of Women by the Mass Media, in S. Cohen & J. Young (eds.) (1981). *The Manufacture of News—Social Problems, Deviance and Mass Media*. Beverly Hills, Calif.: Sage, p.169–185.

Tuchman, G., et al. (1978). *Hearth and Home: Images of Woman in the Media*. New York: Oxford University Press.

Tunstall, J. (1971). *Journalists at Work*. London: Constable.

Van Zoonen, E. A. (1992).The Women's Movement and the Media:Constructing a Public Identity, in *European Journal of Communication*, Vol.7(4):453–476.

Westerstahl, J. & F. Johansson (1986). News Ideologies as Moulders of Domestic News, in *European Journal of Communication*, Vol. 1: 133–149.

White, D. M. (1950). The "Gate Keeper": A Case Study in the Selection of News, in *Journalism Quarterly* (27): 383–390.

Wilke, J. (1984). The Changing World of Media Reality, in *Gazette*(34): 175–90.

第二章　議題傳散模式初探

——以宜蘭反六輕設廠運動之新聞報導為例 ❶

許傳陽

---

❶ 本章改寫自作者民國81年的碩士論文: 大眾傳播媒介與社會運動: 一個議題
傳散模式的初探——以宜蘭反六輕設廠運動之新聞報導為例。

壹、 研究動機與研究問題

　　大眾媒介與社會運動原本是兩個相異的研究領域，前者常被視為是一個社會機構；後者則常被以一社會現象來看待，但兩者卻有其相似的地方：即是媒體與社會運動常被視為是體察當代社會生活變遷的重點。如當代社會學家 Giddens 所言，社會運動在激發社會學的想像上仍深具意義(Giddens, 1987: 48)；就媒介這一面而言，在社運的過程中則是觀察媒體在某一特定結構下的運作特質的絕好時機。

　　因此研究媒介在社運中的角色與功能，不只在研究媒體此一機構，也在於了解它所處的社會，這是本文的最主要的研究動機所在。

　　要回答這樣深刻且複雜的問題並不容易，本研究擬以下列三個層面的研究問題來進行探討。

　　首先是大眾媒介與社會運動中的行動者間的互動，此在於研究一個社運議題由誰來形塑，這涉及行動者與媒體間的行動效力 (Schlesinger, 1990: 75)。

　　其次是學者Carragee所提出的，「當前的傳播研究，不僅視新聞為訊息傳佈者，也視之為社會意義的建構者，媒介積極地在定義社會與政治真實。而傳播研究著重在媒介產製符號意義的研究，正反應出大眾傳播的研究，正由一個『新聞』的傳播研究取向 (Transmission model of communication)，轉移到文化或儀典的傳播研究取向 (Cultural or Ritual model of communication)」(Carragee, 1991: 1)。

　　因而第二個層面的研究問題是：社會運動週期性地出現，從媒介內容中可以研析出，在當時的社會時空下呈現出何種的「媒體──社運文化」。

　　最後Gitlin則是強調，研究媒介與社會運動關係的研究取向，需同時

考慮：（一）新聞事業特有的工作程序及其為社會體系的意識型態功能；
（二）媒介的結構性規約 (regularity) 與時間上的變遷。(Gitlin, 1980:
250)。基於本國報紙具有全國與地方分版特殊結構，第三個研究問題則
是在於探討：社運議題如何在全國與地方版中建構以及地方新聞媒體對
社區居民的功能。

貳、 問題的背景

一、 什麼是反六輕設廠運動及宜蘭地方人士為何反對 六輕在宜蘭設廠？

宜蘭反對六輕設廠運動（以下簡稱反六輕運動）， 可推及1987年年
初。當時《噶瑪蘭》雜誌已經開始登載有關的文章，臺塑方面也開始舉
辦一些地方說明會，說明臺塑公司將於宜蘭利澤工業區設立六輕的事
宜。1987年12月，陳定南與王永慶在電視的公開辯論，使得雙方的爭執
公開化，白熱化。整個事件歷經1987年年底與1990年年底的兩次社會抗
爭事件，於1991年8月7日，臺塑公司宣布將六輕廠遷移往雲林麥寮離島
工業區興建，宜蘭反六輕設廠運動方告一段落。

地方人士發起反六輕運動是因為臺塑企業及中央政府決策單位未顧
及地方的民意及反對聲浪，而發起一連串的抗議及對抗行動。

因考慮及第一階段抗爭的新聞報導量太少，本研究所稱的「宜蘭反
對六輕設廠運動」係指，反六輕運動第二波的抗爭行動，捨棄第一波抗
爭行動的研究。主要抗爭的期間自1990年12月1日（宜蘭縣縣民到臺塑
總部與經濟部抗議）到1991年元月26日（舉行反六輕見證之夜）。（詳見
附表1）

二、反六輕設廠運動的特質

宜蘭反對六輕設廠運動雖是以「環境運動」的名目出現，但是不可忽略的是：其具有政治化的特質，尤以第二波抗爭為明顯。原因在於：

（一）1987年年底全國大選，國民黨承諾不在宜蘭建六輕。

（二）1990年5月郝柏村上臺，以公權力促使五輕順利復工，並於12月6日行政院院會中首度表態，指示六輕一定要興建。

（三）由於經濟不景氣及產業外移嚴重，「六輕建廠」成為工商業界引頸企盼的「重大投資工程」。

由於上述因素的結合，使得宜蘭反六輕設廠運動成為具有政治性性質的社會運動，也是臺灣新興社會運動的一個典型。依照王振寰的解釋：「社會運動是否形成政治運動的一環，國家或政府的性質是包容性或排斥性，具有相當大的影響力。當國家愈是排斥性的，愈是壓迫性的，則社會運動成為政治運動的可能也就愈高。而這正是臺灣社會運動的發展模式。反之，當國家愈是將社會運動納入體制，則社會運動的社會性質或去政治性將更凸顯」（王振寰，1990: 42）。九〇年代初期的宜蘭反對六輕設廠運動，正是近年來地方環境運動的縮影，兼具環境保護與政治抗爭雙重性格。

當一個地方的社會運動呈現出高度政治化，這樣的社運型態本身就提供了豐富的探討旨趣。

三、為何選擇此議題作為研究對象？

由於本研究主要是在研析媒介在社運中運作過程的問題。在社運過程中有一明確且活動力大的社運組織，是選取其作為研究樣本的必要考量。

據學者指出（蔡宏進，1989）從1980年代起地方的反污染運動包括：

鹿港居民反杜邦設廠運動、永安居民反中油籌建碼頭運動、貢寮居民反
對設核能電廠運動、後勁居民反五輕設廠運動及蘭嶼居民反放置核廢料
運動等，多半都有政治人物的介入，因此地方的反污染運動要與政治勢
力劃分，在臺灣並非易事。但是一明顯的事實：宜蘭反六輕運動除了具
備此一特質之外，與前述五個反污染運動相比無疑地它具備了一個更為
強大的社運組織。

　　也就是說，反六輕運動提供了一個較為明確的分析線索，同時研究
發現外推其它相關類型的社運時，其特質也不致相差太大。

參、　相關文獻探討

一、　大眾媒介與社運團體

　　基本上，運動團體與媒介之間的關係應該被視為「文化轉移」
(cultural transactions) 過程，其中任何一方都堅持對事實解釋的意識型
態，傳統上將兩者的互動化約成「成本／效益」的交易模型，實不足以
解釋這一層面的現象。(Wolfsfeld, 1991: 3)

　　首先是從新聞觀點來看媒介如何報導社運團體。媒介採用政府或運
動團體的聲明、主張，意味著媒體接受了所示意的框架(suggesting frame)
(Turow, 1989; Manheim and Albritton,1987)。因為新聞是一種權力與利
益的展現，消息來源與記者之間的關係，前者試圖運用社會權力影響後
者以達到傳播的目的。

　　Fishman (1980) 以新聞網的概念 (news net) 探討新聞工作者與消息
來源之間的互動關係。新聞是類型化 (typification) 和制度化的知識，由
新聞網產生。新聞網是情境中的關係網絡，由新聞工作者、消息來源，
以及新聞同業三者間持續的互動模式組成。新聞網一方面是新聞報導的

客體，另一方面也是規範、約束報導的主體，所以新聞只是相同人物、相同主題、相同情境下的產品(Fishman, 1980: 79)。

在媒介與社運團體的互動、建構議題的過程中，運動的訴求主題是個重要的因素。某些社會運動的題旨在媒介系統的內部已經被制度化。Linn'e 的研究指出，環保團體的抗爭行為原本是極具新聞價值的事件，但是媒介對於問題的報導，抗爭行為常只是個宣告 (claim-making)，後續的報導主要來自政府官員及環境學者專家(Linn'e, 1991: 6)。

其次是進一步地問：社運團體如何取得媒介的注意？

Tichenor (Tichenor, et al., 1989: 150)等認為，反抗團體活動策略之一，須造成誇張的戲劇效果(the critical importance of drama)，目的在於增進動員並吸引媒體的注意(struggle for novelty)；相對的Luhmann則指出，傳播媒介常以製造「假危機」(pseudo-crises)及「假新奇」(pseudo-novelty) 來與一些社會體系內的其他主題 (topic) 競爭 (Luhmann, 1984: 151)。因此，大眾媒介對於新聞事件的報導，並非是大眾媒介或社運參與者單方面所能控制的。

Murdock則從社會參與者(social actors)的相對性制度化及可支用資源的觀點，探討在犯罪及審判事件上，社會行動者如何採取媒介策略(media strategy)取得政策議題的權力過程，就相對制度化而言，內政部(Home Office)及首都警察局(Metropolian Police)，常以發表犯罪紀錄取得媒介報導的空間，人權組織或獄政改革團體的聲明，就比較不受媒體注意(Murdock, et al., 1991)。

此外，在社會運動的過程中社會運動的參與者，也常以記者會、說明會或發佈新聞的方式接近使用媒體。Gandy 將這種方式稱為「資訊補貼」(Information subsidy)，目的在於使行動組織所發佈的新聞以最佳的方式（如內容、版面及時效等）重現在媒介的版面之上(Turk,1986:16)。

Turk (Turk, 1986: 23–25) 研究政府公關 (Public information officers) 對於新聞報導的影響，發現報紙大致上會採用官方所發佈的新聞稿，而新聞是否被採用則要看該事件的新聞性而定。新聞的發佈以僅是單純的呈現一則消息的方式，比硬要媒介報導它的發佈方式，容易達到公關的效果。

但是在一些大型的抗爭事件或危機事件中，社運團體往往不能控制事態的發展。就媒介對社會運動的影響而言，Chilton 將這個時期稱為：「重要論述時刻」(critical discoures moments)，此一時刻當中刺激了學者專家、運動介入者以及記者對該事件的評論(Gamson, 1989: 11)。媒介的報導，在這個階段較易影響公眾對社會運動的觀感，及社會運動後續的發展。

另外學者 Wolfsfeld 提出「媒介與參與者交易模式」(Transactional Model) (Wolfsfeld, 1991)來處理媒介與社運參與者之間的互動關係。

基本而言，過去處理媒介與政治團體或社會結構的關係常將之視為簡單的交換過程(process of exchange)，但是媒介與政治參與者的關係決非僅只於買賣的關係，彼此尚需受到一些意識型態的規範。

在衝突的過程中媒介與社運參與者的權力交換過程，是一種利益的交換，媒介需要有價值的新聞事件或是新聞人物，作為新聞可看性或外部對之評價其是否專業的依據；參與者則期待媒介的青睞以影響民心，彼此的依附關係受到了兩個因素的影響：一為力量(strength)，相對之的為受制(vulnerability)❷。

力量決定了可能的影響力，相反地受制意指被影響的可能性。參與者對於媒介的影響受到前述兩個因素所決定。

媒介與社會運動的介入者，在運動過程中不斷地互動，這個過程是

---

❷　關於Wolfsfeld模式的討論可參閱翁秀琪(1994)所著〈從消息來源策略角度探討中時、聯合兩報對婦運團體推動民法親屬編修法的報導〉一文，本文發表於臺大新研所所主辦的「女性與新聞研討會」。

一個「利益交換」的過程，新聞媒體希望得到新聞題材來報導，另一方面利益團體或運動團體則是常運用各種策略以吸引媒介的報導，(Wolfsfeld, 1991; Murdock, et al., 1991; Linn'e, 1991)。整個過程是處在於動態中，媒介對於社運的消息並非照單全收，必須思考本身的資源或競爭性事件的新聞價值來看是否要報導之 (Gans, 1979; Tuchman, 1978; Fishman, 1980)。而另一方面運動團體是否依賴大眾媒介，則須視其組織資源、動員能力及是否靠媒介動員第三勢力 (the third party) 而定。(Wolfsfeld, 1991)

　　大眾媒介與社會團體之間存在著一種「競爭並合作」的關係 (Competitive symbosis) (Wolfsfeld, 1984)，可能導致衝突或合作。不同的社會運動階段中，媒介與運動團體會有不同的互動關係，Gitlin觀察傳播媒介對美國學運組織SDS(Students for Democratic Society)的報導，認為媒介與SDS的關係可化分為五個階段(Gitlin, 1984)❸。

二、媒介真實與社會運動

　　從建構主義者(constructionist)的觀點，媒介報導一件社會危機事件時（如天災、人禍等），這樣的媒介真實基本上它是接合了地方的文化 (Spencer and Triche, 1994; Best, 1991)。於此，本文第二個想探究的問題是：反六輕運動的新聞報導建構何種的媒介真實？

　　前文是從媒介與運動參與者的面向，探討兩者的互動結構對於媒介內容的可能影響。基本上是從生產的層面理解媒介內容的成因；而依照

---

❸　這五個階段如下：一、SDS未被媒介報導，組織本身也不主動尋求上報的可能。二、媒介開始注意SDS，對其有零星的報導。三、在SDS採取走上街頭的行動後，媒體主動尋求相關的新聞。四、由於媒介的報導，引發內部對媒介運用的爭執。五、SDS內部因媒介的深入報導而變質，最後媒介不惜醜化此一發生質變的運動團體。詳見Gitlin (1980)。

結構馬克思主義者的看法，社會中的團體均致力於爭取社會意義的支配權，新聞媒體是重要的意義霸權工具，媒介內容在於界定社會關係或政治問題的界定方面，扮演重要角色 (Hall, 1980: 116; Corcoran, 1989: 603)，所以媒介內容成為社會力滲透的指標，而媒介真實也對社會運動的發展發生作用。

Mathes 等學者 (Mathes and Rudolph, 1991:184–185) 則指出了媒介議題在社會過程的影響性：「媒介對於議題的定義，供給公眾一個詮釋事件的套裝體(interpretative package)，是一個預先設定的議題結構，凸顯出何者為重要的問題，並支配其它的問題。」

Strodthoff 等人 (Strodthoff, et al., 1985)研究媒介在美國環境運動中的角色，發現媒介在於環境議題的報導上有三個過程：分別是「明確化」(Disambiguation)、「合理化」(Legitimation)、「例行化」(Routinization)；整體上環境議題的流向，首先出現在環保團體之間，而後是特別利益媒介（文中是指環保性媒介）(special interests channel)，在引起行政當局關注後，才使大眾媒介(general audience channel)注意報導。在一般性媒介與專業媒介互動之後，報導呈現出生態平衡的現象，每一個媒介通道發展出其報導的勢力範圍(niche)。

因此，Tichenor 等學者認為：媒介對社運議題合理化過程，往往是在社會體系將議題合理化後才開始(Tichenor, et al., 1989: 149)。

原因可能是，在社會運動過程中媒介對於衝突事件的報導並不在於提供一個理性的論述空間 (rational discourses)，議題的介入者只會將媒介視作是「民意的戰場」而非對議題提出申辯的場合。Mathes等將衝突事件的報導稱為「假傳播」(psuedo-communication) (Mathes and Duhlem, 1989)。

另一方面，「媒介事件」(media events)並不等同於真實事件。Lang and Lang 觀察麥帥回國的場面與電視新聞的報導，媒介上展現出熱烈歡

迎的畫面完全不同於現實的狀況 (Lang and Lang, 1983)。因此新聞來源本身的新聞性、爭議性，已經決定了社會事件會成為怎麼樣的新聞事件 (Mathes and Rudolph, 1991: 196)。

因此媒介議題對於社會事件或社會運動的定義，往往是社會參與者與媒介協商的結果。

另外社會運動的過程中，媒介議題本身也有其發展的路徑，媒介之間 (inter-media) 會彼此建構議題 (Strodthoff, et al., 1985; Noelle-Neumann and Mathes, 1987; Shoemaker, 1989; Mathes and Pfetsch, 1991)，此將在下一節中進一步說明。

三、 大眾媒介議題建構與社會運動

一般而論，菁英媒介或全國性的媒體常扮演著「意見領袖媒介」(opinion–leader media)的角色，其對於議題的報導或意見常為其它報紙所引用。因為它已經建構出一套報導上的參考架構及訊息來源。因其在媒介系統內的地位，媒介意見領袖對於議題的影響可遍及整個媒介體系 (Noelle-Neumann and Mathes, 1987: 401)。

Noelle-Neumann等學者以「媒體報導的共鳴」現象(Consonance of media reporting)的概念來說明媒介內容的雷同。

這裡的媒介報導的共鳴作用，是指某一個話題(topic)、觀點或判斷開始佔優勢，不是指意見相同的「一言堂」局面。共鳴的產生原因有二：其一是新聞記者之間也有意見領袖；新聞同業間的共享新聞價值亦為成因之一(Noelle-Neumann and Mathes, 1987)。

Mathes等學者在西德進行三個「反對議題」(counter-issues)的研究，借以檢證議題建構的過程，把焦點擺在過去為人所忽略的媒介系統本身，包括「替代性媒介」(alternative media)及「媒介間意見領袖」的角色。結果顯示反對議題若成功地在替代性媒介上建立橋前哨，會產生一種「溢

散效應」(spill-over effects)：議題由替代性媒介流向建制媒介 (established media)。替代性媒介率先刊登反對議題，在媒介系統內扮演媒介意見領袖的角色，並且引起其它媒介的連鎖反應。這個散溢效果不僅發生在新聞主題的報導上，也包括會影響主流媒介對議題的處理方式 (Mathes and Pfetsch, 1991)（見附表2）。

近來社會運動理論學界基於資源動員論 (resources mobilization theory)的不足，新社會運動論(new social movements theory)過於抽象等因素，另外闢出「集體認同」研究取向(collective identity approach)以補足社會運動研究理論上的窘境，此一新的研究取向寧可將社運視為是一個文化現象來觀察。(Stoecker, 1995)

因此，大眾媒介上的報導題材便成為觀察一社區社會運動集體認同變遷的素材之一。除了在客觀的研究條件限制之下，新聞報導的內容是易得性較高的文獻資料外，晚近傳播理論與方法上的轉變，也是使得如此的研究假設成為可能。

就理論上而言，有關大眾傳播媒介與社會權力間的基本假設概可分兩種：一為支配學派(dominance)，包括大眾社會理論、馬克思理論、批判理論等；一為多元主義學派 (pluralism)，包括個體功能論和結構功能論等。前者將媒介視為統治階級、菁英或權力擁有者的服務工具，後者則強調媒介中所呈現出的來源及訊息的多樣化，認為利益是依照大眾的需求適當分配(McQuail, 1987)。

Murdock 等人(Murdock, et al., 1991)認為不管是支配或多元學派，這樣問問題的方式，顯然有其不足。因為思考媒介與社會權力的關係，必需同時考慮及結構(structure)與行動者(agency)。例如：基於結構上「接近使用媒介」(access to media)的不平等，新聞來源往往採取各種策略吸引媒介的注意，以影響新聞的建構及事件的定義。探尋媒介運作與社會權力的關係，Murdock 主張消息來源本身的策略(source strategy)，不應

只是侷限於「媒介中心論」(media-centric)下來探討新聞來源，必需超越媒介中心論下的新聞來源之研究，觀察國家、利益團體為了影響媒介內容而發展出的符號政治學(symbolic politics)。

對於媒介與社會權力關係著墨甚多的批判理論，其基本假設亦有所修正。Curran認為批判學派基本假設的修正主要是受到Gramsci的影響，在葛蘭西的理論中將統治階級重新界定為社會階層不安定的組合(precarious alliance)，媒介則被視為是社會力 (social forces) 競爭的場域(site)，而非為統治階級而立的導管(conduit) (Curran, 1990: 142)。

根據以上的討論，就媒介議題建構論及媒介在社會結構新地位而言，媒介為「社會力競逐的場域」， 各方的社會力透過「媒體策略」(Media strategy) 影響新聞報導以競逐社會事件的定義 (Schlesinger, 1989: 284)，而新聞內容則是「符號競爭」(symbolic struggle)的展現。也就是說我們將媒介內容視為是當時社會結構中權力團體相互較勁的反映，就學理上而言並無過度的偏差，這也是本研究主要的立論點。

總而言之，探討大眾媒介與社會運動的互動關係，基本上可以下列三個現象層面來加以探討： 1.媒介與社運團體的互動； 2.媒介真實與社會運動； 3.媒介議題建構與社會運動等，這也是本研究試圖要解答的三個研究問題。

肆、 研究方法

本研究係採取內容分析法來分析反六輕設廠運動的新聞報導。

一、 研究對象與抽樣

本研究的研究目的在於理解：社會運動的過程中，各種社會力如何在媒介符號場域中競逐，進而影響議題的建構。

　　因此，報紙的選樣應兼顧不同的經營型態與媒介的性格，公營報紙選取「中央日報」為代表，民營報紙選取「聯合報」與「民眾日報」為分析的報紙，前者代表國內的主流報紙之一；後者則是較屬於非主流的報紙，如此的抽樣方式應可以適切的反應當前的報業生態。版面的取樣為：「全國版」與「地方版」則是呼應本研究的另一研究目的，即為地方型的媒介（本研究指全國性報紙的地方版）在社區中的角色。

　　本研究分析的新聞是指：在反六輕設廠運動的過程之中關於六輕設廠的報導。

　　宜蘭反對六輕設廠運動可以分為兩期：第一期是自 1987 年 7 月至 1988 年 1 月；第二階段則起自 1990 年 10 月至 1991 年 2 月，第一階段的抗議行動大部份發生於國內報禁開放之前，因版面的限制各報的報導量均不高，特別是全國版的部份，譬如聯合報全國版在 1987 年 8 月到 1987 年底，五個月期間僅報導了 9 則的新聞，致使在觀察上發生困難。因此研究者放棄第一階段反六輕運動的新聞分析，進行第二階段之新聞分析。所以本研究所稱的反六輕設廠運動亦是指第二階段的反六輕運動。

　　第二階段的反六輕設廠運動為 1990 年 10 月至 11 月底至 1991 年 2 月。

二、 單元界定

　　本研究使用的單元有「分析單元」和「測量單元」兩種。

　　1.分析單元：分析單元就是抽樣單元，本研究的分析單元為「則」。

　　2.測量單元：本研究的測量單元是「頻次」(frequencies)。

伍、 研究發現

一、 大眾媒介與社運團體

（一）誰在界定社會運動議題

表1　議題界定者分析表

新聞來源	報　　導　　量　　（則）					
	合　　計		反　　對		贊　　成	
	n	%	n	%	n	%
1.反六輕組織	90	31.6	87	30.6	3	1
2.臺塑企業集團	44	15.4	2	0.8	42	14.7
3.中央政府	31	11	2	0.8	29	10.2
4.地方政府	8	2.8	4	1.4	4	1.4
5.中央民意代表	4	1.4	4	1.4	0	0
6.地方民意代表	22	7.7	13	4.5	9	3.2
7.學者	8	2.8	3	1	5	1.8
8.企業組織	5	1.8	0	0	5	1.8
9.民間團體	29	10.2	27	9.5	2	.7
10.記者	17	5.9	10	3.5	7	2.4
11.民眾	17	5.9	12	4.2	5	1.7
12.其他	9	2.9	5	1.8	4	1.1
合　　計	284	100	168	59.1	116	40.9

1.議題的主要界定者

　　從表1的資料中，顯示：「反六輕運動」新聞報導的消息來源，以反六輕組織（事件抗爭者）最多（90則，佔31.6%），事件的界定者即臺塑企業集團居次有44則的報導，佔15.4%，中央政府（事件評論者）則有31則的報導（佔11%），以及民間團體的29則新聞（佔10.2%）居第四位。

此外，其他的新聞來源尚包括：地方民意代表（22則，佔7.7%），記者（17則，佔5.9%），民眾（17則，佔5.9%），學者（8則，2.8%），企業組織（5則，1.8%），以及中央民意代表（4則，1.4%）等。

由以上的資料可知，反六輕新聞的主要議題界定者是：「反六輕組織」、「臺塑企業集團」、「中央政府」及「民間團體」為主。

比較值得注意的是，在本研究之中相較於「學者」（8則，2.8%），企業組織（5則，1.8%），以及中央民意代表（4則，1.4%）等消息來源，「民眾」（17則占5.9%）成為新聞來源的比例甚高。依照鄭瑞城的解釋是：「在特殊事件（街頭運動、黨外活動）中，第三者（基本上由學者專家、一般民眾組成）近用媒介的機率大，可能顯示媒介欲藉中立者，形成對行動者的輿論壓力。」（鄭瑞城，1990: 20）。

2.贊成六輕設廠的主要新聞來源

由表1的資料顯示：贊成六輕設廠的前三名新聞來源分別是，「臺塑企業集團」（42則新聞佔14.7%）、「中央政府」（29則佔10.2%）以及「地方民意代表」（9則新聞佔3.2%）。 以上三類新聞來源共計有80則的報導佔總報導量的28.2%。

在反六輕設廠運動的新聞報導之中，贊成六輕設廠的議題內容是以「臺塑企業集團」、「中央政府」和「地方民意代表」為議題建構主力。

3.反對六輕設廠的主要新聞來源

相對於贊成六輕的報導傾向，表 1 的資料顯示：反對六輕設廠的前三名新聞來源分別是，「反六輕組織」（87則新聞佔30.6%）、「民間團體」（27則佔9.5%）以及「地方民意代表」（13則新聞佔4.5%）。以上三類新聞來源共計有127則的報導佔總報導量的44.7%。

在反六輕設廠運動的新聞報導之中，反對六輕設廠的議題內容是以

「反六輕組織」、「民間團體」和「地方民意代表」為議題建構主力。

（二）全國版與地方版如何報導不同的社運參與者

表2　全國版與地方版報導分析表

時間　　　版面 新聞來源　類目	10月 全 n(%)	10月 地 n(%)	11月 全 n(%)	11月 地 n(%)	12月 全 n(%)	12月 地 n(%)	1月 全 n(%)	1月 地 n(%)	2月 全 n(%)	2月 地 n(%)	合計
1.反六輕組織		1(0.4)	9(3.2)	20(7)	22(7.7)	19(6.7)	2(0.7)	15(5.3)		2(0.7)	90(31.6)
2.臺塑企業	4(1.4)		15(5.3)		16(5.6)	2(0.7)	5(1.8)	2(0.7)			44(15.4)
3.中央政府			9(3.2)	1(0.3)	16(5.6)	1(0.4)	3(1)	2(0.7)			31(11)
4.地方政府	1(0.4)			1(0.3)		2(0.7)	3(1)	1(0.4)			8(2.8)
5.中央民意代表				2(0.7)	2(0.7)						4(1.4)
6.地方民意代表			2(0.7)	8(2.8)	3(1)	8(2.8)		1(0.4)			22(7.7)
7.學者					6(2)	1(0.4)		1(0.4)			8(2.8)
8.企業組織			3(1)		1(0.4)			1(0.4)			5(1.8)
9.民間團體				2(0.7)	6(2)	12(4.2)	6(2)	3(1)			29(10.2)
10.記者			4(1)	3(0.7)	4(1.4)	4(1.4)		2(0.7)			17(5.9)
11.民眾			1(0.3)	1(0.3)	7(2.5)	3(1)		1(0.4)		2(0.7)	17(5.9)
12.其他	1(.4)	1(.4)			3(1)		1(0.4)	1(0.4)	1(0.4)	1(0.4)	9(2.9)
合計　n=284 　　%=100	6 (2.1)	2 (0.8)	43 (14.8)	40 (13)	86 (30.2)	52 (18.7)	20 (7.4)	29 (10.6)	1 (0.4)	5 (2.5)	284 (100)

地：地方版

全：全國版

數字：報導則數，括號內百分比四捨五入

由表2的資料可知上述四個主要議題界定者中，在比率上較常近用全國版的界定者為：「臺塑集團」及「中央政府」。「臺塑集團」（40則，佔個別報導量44則中的90.9%）與「中央政府」（25則佔個別報導量29則中的86.2%），原因是單位所在地的地緣關係，常以（或被）「全國版」

為近用媒介通道；反六輕組織則是以「地方版」（47則的新聞佔個別報導量90則中的63.4%）為主要的媒介近用對象，而民間團體的新聞則也多出現在「地方版」（17則佔個別報導量29則中的59%）的報導上。

　　由表2的資料之中顯示：臺塑企業與中央政府近用地方版的機率甚低。臺塑企業僅在於反六輕運動的1990年12月及1991年1月分別出現兩則（佔0.7%）的新聞；「中央政府」則是在1990年11、12月各有一則新聞的報導（佔0.3%）、在1991年元月出現兩則的新聞（佔0.7%）。

　　相對的，反六輕組織近用全國版的比率就高於臺塑企業與中央政府近用地方版的比率（共有33則的新聞佔11.9%）。其中又以抗爭期（12月）的22則的報導（佔7.7%）最多。

　　此外本研究也發現，在抗爭末期（1991年1月）時全國版上消息來源以民間團體為最多（六則的新聞，佔當月當版報導量20則的30%）。亦即在社會運動進入抗爭期末期時，非立即受害的民間團體，開始成為媒介議題的建構主力，對社會運動加以評論、定義。出現如此的現象原因何在？

　　民間團體成為抗爭末期全國版的主要新聞來源，一方面是社會運動的主要介入者，臺塑集團與反六輕組織在當時的新聞報導量大幅減少所致。即以抗爭初期最重要的反六輕組織為例，在初動末期（1990年11月）有九則的報導（佔3.2%），抗爭初期（1990年12月）迅速增高為22則的報導（佔7.7%），到了抗爭末期（1991年1月）則下降到二則的新聞（佔0.7%）。

　　Tichenor 等學者也指出，媒介在社運期間成為反抗團體「爭奇鬥豔」的場域 (Tichenor, et al., 1989)，新聞報導只不過是個假傳播 (psuedo-communication) (Mathes and Duhlem, 1989)，可是這個現象似乎不能持續多久。或許當新聞不再是新鮮話題時，媒介就不再感興趣了。

　　另外，必須指出的是反六輕運動至此階段（1991年1月），它已經質

變為高度政治對抗的運動導致許多非立即受害的團體意圖利用此社運，以宣達自身的訴求。依據 Wilkinson 的說法：「鄉民主義運動 (rural populism movement) 常意味著對於田園豐富生活上的謳歌，它卻常可能被改革主義者或民族主義者等團體所利用，並且產生可觀的效果。」(Wilkinson, 1974: 88)。雖然國內的反污染運動並非全然鄉民運動，但它們也具備一些鄉民主義上的特質，如反工業及反都市化並與政治團體保持一定的距離等。此一觀點也可以用來解釋，民間團體何以會在抗爭末期成為議題建構主要建構者的原因。

二、媒介真實與社會運動

如果反六輕運動的報導呈現了一定的形貌，那麼這樣的形貌是反應了何種的媒介真實？首先先看表3的分析。

表3顯示「反六輕設廠運動」新聞之報導主題分佈狀況。整體而言，該新聞事件是以「反六輕組織聲明」（53則，佔18.7%）；「行動事件」（47則，佔16.5%），「聲援」（36則，佔12.7%）及「臺塑集團聲明」（32則，佔11.3%）的報導，為報導主題的主體。四類的報導合計168則（佔全體報導量的60%）。傾向反對六輕設廠的議題內容部份，主要的報導主題是：「反六輕組織聲明」（52則，佔18.4%）、「行動事件」（42則，佔14.8%）、「聲援」（27則，佔16.1%）、「環境利益」（22則，佔13.1%）。傾向贊成六輕設廠的議題內容部份，主要的報導主題則是：「臺塑企業集團聲明」（29則，佔25%）、「六輕設廠事宜」（20則，佔17.2%）、「經濟利益」（17則，佔14.6%）、「政府聲明」（15則，佔13%）。基本而言，反對設廠的一方被建構成「聲明／行動／聲援／利益」的媒介真實，贊成設廠的行動者則被建構成「企業／政府聲明／設廠／利益」。

表3　整體媒介議題分析表

報導主題 ＼ 報導傾向	報　導　量		
	總　數 n（%）	反　對 n（%）	贊　成 n（%）
1.政府聲明	15(5.3)	0(0)	15(13)
2.臺塑集團聲明	32(11.3)	3(1.8)	29(25)
3.反六輕組織聲明	53(18.7)	52(18.4)	1(0.9)
4.行動事件	47(16.5)	42(14.8)	5(4.3)
5.六輕設廠事宜	22(7.7)	2(1.2)	20(17.2)
6.臺塑赴大陸投資事宜	2(0.7)	0(0)	2(1.7)
7.產業政策	8(2.8)	2(1.2)	6(5.2)
8.環保政策	8(2.8)	3(1.8)	5(4.3)
9.經濟利益	20(7)	3(1.8)	17(14.6)
10.環境利益	22(7.7)	22(13.1)	0(0)
11.民意代表聲明	10(3.5)	6(3.6)	4(3.4)
12.聲援	36(12.7)	27(16.1)	9(7.8)
13.其他	9(3.2)	6(3.6)	3(2.6)
合　　計	284(100)	168(100)	116(100)

　　媒介報導社會運動具有「明確化」(disambiguation)、「合理化」(legistimation) 的功能 (Strodthoff, et al., 1985)。本研究的資料顯示，國內的報業體系對於社運組織具有去除模糊並合理化其行動的功能,但是,相形之下對於抗爭或是「反抗爭」行動背後所隱涵的產業政策或環境政策（兩項報導主題各有8則的新聞,佔總報導量的5.6%）的矛盾、不足,並未於予適切的報導,表4及表5則是進一步分別說明「傾向反對六輕設廠」及「傾向贊成六輕設廠」的新聞內容。

表4　反六輕設廠新聞內容分析表

報　導　內　容	報導量（則）	百分比（％）
1.事件過程說明	67	39.1
2.反對六輕設廠基於維護地方利益	17	10.1
3.臺塑六輕設廠環境影響評估過於粗糙	10	6.0
4.化學工廠的污染事實	15	9.5
5.宜蘭因地形因素不適於建立高污染性工廠	21	11.9
6.歡迎低污染性工廠	10	6.0
7.抗爭事件是表達意見的管道	10	6.0
8.對反六輕組織的奧援	17	10.1
9.其他	1	0.6
合　　　　　計	168	100

表5　贊成六輕設廠之新聞報導內容組成分析表

報　導　內　容	報　導　量（則）	百　分　比（％）
1.事件過程說明	15	12.9
2.設立六輕廠是基於把根留在臺灣理念	5	4.3
3.籌辦六輕在臺設廠事宜	21	18.1
4.國內石化產業落後	6	5.2
5.促進經濟景氣	22	18.9
6.加強環保措施、監督	29	25
7.抗爭事件造成社會脫序	11	9.5
8.對臺塑企業的聲援	7	6.0
9.其他	0	0.0
小　　　　　計	168	100

由表5的資料中，我們可以看出值得注意的是贊成六輕設廠的新聞報導，內容主要集中於「社區利益」的面向。有29則的新聞強調於「加強環保措施，與社區溝通」(25%)，認定經濟利益不應損及環境保護，而有22則的新聞則是指陳六輕設廠後的經濟利益(18.9%)，包括防止產業外移與帶動投資景氣。

三、媒介議題建構分析

表6　反六輕設廠報導在地方版及全國版上的傳散狀況

議題內容	版面	10月 n(%)	11月 n(%)	12月 n(%)	1月 n(%)	2月 n(%)	小計 n(%)
1.事件過程的說明	全		8(11.9)	15(22.3)	1(1.5)		67(39.1)
	地	1(1.5)	14(20.9)	11(16.4)	13(19.4)	4(6.0)	
2.反對六輕設廠是基於維護地方利益	全			4(23.5)	1(5.9)		17(10.1)
	地		5(29,4)	5(29.4)	2(11.8)		
3.臺塑六輕設廠環境評估過於粗糙	全		2(20)	3(30)			10(6.0)
	地		1(10)	3(30)	1(10)		
4.臺塑工廠的污染事實	全	1(6.2)		4(25)	2(12.5)		16(9.5)
	地		2(12.5)	4(25)	3(18.8)		
5.宜蘭因地形因素不適高污染工廠	全		1(5)	1(5)	1(5)		20(11.9)
	地		8(40)	7(35)	1(5)	1(5)	
6.歡迎低污染性工業	全			3(30)	2(20)		10(6)
	地		2(20)	1(10)	2(20)		
7.抗爭事件是表達意見管道	全		1(10)	3(30)	1(10)		10(6)
	地			2(20)	3(30)		
8.對反六輕組織的奧援	全		2(11.8)	5(29.4)	1(5.9)		17(10.1)
	地		2(11.8)	7(41.2)			
9.其他	全		1(100)				1(0.6)
	地						

從表 6 可知不管是全國版或地方版，報導內容均強調於「對事件過程的說明」。 在五個月期間共有67則的新聞，佔39.1% 的新聞量，全國版集中在1990年11月、12月間，而地方版的報導情況，則是自1990年10月延續至1991年1月間。

值得注意的是，「反對六輕設廠是基於地方利益」的報導，出現了由「地方版」溢散到「全國版」的現象。地方版在11月時即已登上版面（5則佔該議題的29.4%），在12月間登上全國版的版面，有4則的報導(佔該議題的23.5%)。 其次是「歡迎低污染性工業」的議題亦出現了散溢的效應，該議題首先在79年11月出現在地方版（2則佔該議題的20%），到了抗爭前期（12月）開始出現在全國版之上（3則佔該議題的30%）。

基本而言，本研究的資料證實了 Mathes 等學者的發現，反對議題(counter-issues) 於傳散的過程中，可以從「替代性媒介」溢散到「建制媒介」(Mathes and Pfetsch, 1991)。但是仍面臨著其他議題的競爭，因此本研究所發現的散溢效應並不顯著而強烈。

此外，依照 Best 的看法，一個社會議題之所以受到主要媒體的注意必須經歷三個階段：第一主要聲明者(primary claimer)必須具專業的意識型態。二是議題必須能與其他媒介議題相抗衡，聲明者必須應用造勢的手段。三是它必須符合當時與次要聲明者 (secondary claimmakers) 間的文化共鳴(cultural resonance) (Best, 1991)。所以從反六輕運動的新聞內容分析，可知其顯現社區利益的主張及文化資源。

從表 7 中可看出不管是全國版或地方版，報導內容均強調於「促進經濟景氣」。在五個月期間共有 22則的新聞，佔7.7% 的新聞量，連續五個月在全國版上出現，而地方版的報導情況，則是自民國79年11月延續至80年1月間。「促進經濟景氣」成為贊成六輕設廠新聞的主線。

表7　贊成六輕設廠報導內容在地方版與全國版傳散表

議題內容	版面	10月 n(%)	11月 n(%)	12月 n(%)	1月 n(%)	2月 n(%)	小計 n(%)
1.事件過程的說明	全		4(26.6)	5(33.3)	2(13.3)		15(5.2)
	地		2(13.3)	2(13.3)			
2.設立六輕廠是基於把根留在臺灣的理念	全			3(60)	1(20)		5(1.8)
	地				1(20)		
3.籌辦六輕在臺設廠事宜	全		12(57)	6(28.6)	3(14.4)		21(7.4)
	地						
4.國內石化產業落後	全			3(50)	1(16.6)		6(2.1)
	地			1(16.6)		1(16.6)	
5.促進經濟景氣	全	4(18.2)	6(27.3)	4(18.2)	1(4.5)	1(4.5)	22(7.7)
	地		1(4.5)	4(18.4)	1(4.5)		
6.加強環保措施、與社區溝通	全		1(6.9)	16(72.7)	4(18.2)		29(10.2)
	地		2(13.8)	4(18.2)	2(13.8)		
7.抗爭事件造成社會脫序	全		1(9)	9(81.8)			11(3.9)
	地		1(9)				
8.對臺塑集團的奧援	全			4(57.1)	1(14.3)		7(2.5)
	地			2(28.6)			
9.其他	全						1(0.6)
	地						

　　其次是「加強環保措施、與社區溝通」的報導內容，在議題傳散過程之中僅次於「促進經濟景氣」。亦為強勢議題之一，傳散時間達三個月（11月、12月、1月）遍及全國版與地方版。「加強環保措施、與社區溝通」報導內容雖然以29則的報導量（佔10.2%）高居第一位，但是有16則的新聞（佔該報導內容的72%）集中於79年12月出現（事實上與郝柏村在行政院會的指示有關）。

　　兩議題在傳散方式上的差異，或許可以解釋為，大眾媒介為了利於

統治階級進行意識型態的「馴養」(consentation)工作，但在符號場域之中，勝利並非為「既有權力者」一方預先準備好的，一如學者 Luhmann 所言，傳播媒介會製造一些「假危機」(pseudo-crisis)及「假新奇」(pseudo-novelty)來與其他社會議題競爭(Luhmann, 1984: 151)。就本研究的發現而言，假危機（經濟利益）常是持續地出現在媒介上的，而假新奇(社區利益)則是大量的湧現以吸引社會大眾的目光。

　　本研究發現「促進經濟景氣」此一議題，出現了由「全國版」共鳴到「地方版」的現象。全國版在10月時即已登上版面（4則佔該議題的18.2%），在11月間登上地方版的版面，有1則的報導（佔該議題的4.5%）。其後地方對於該議題的報導量與全國版相一致。

　　基本而言，本研究的資料證實了Noelle-Neumann的發現，媒介議題本身有其發展路徑，媒介通道之間會彼此建構議題。(Noelle-Neumann and Mathes, 1987; Shoemaker, 1989)。

　　另外就地方媒介的角色而言，這樣的現象也顯示了地方媒介的社會心理學功能 (social psychological function) (Spencer and Triche, 1994)。也就是說地方媒介一方面必須傳達地方上的多數意見（如反六輕）；但是另一方面則也須為社區的最壞打算做好鋪路（如六輕係為了經濟發展也會作好社區溝通工作），減少社區居民心理上的認知不和諧。

陸、討論

　　綜合上述的研究發現，本研究將提出下列幾點討論事項。

一、大眾媒介與社會運動中的行動者間的互動

　　社會運動組織在社運期間一向為新聞的報導重點，但是在抗爭進入尾聲之際，非立即受害的「民間團體」等第三勢力單位，都躍昇成為新

聞報導的重要新聞來源，此一現象是媒介報導對於客觀真實的反映（事件的漸消失），或是媒介主動地藉由「非社運組織的報導」，對議題重新建構，則有待進一步地研究。如果後者為真，那麼媒介在社運中的角色就非單純地為「動員單位」或「社會控制單位」的二選一之問題了。

二、　媒介內容呈現出何種的「媒體──社運文化」

本文發現此次反六輕運動反映出的媒體與社運文化乃是，結合專業批判精神的社區利益為主要框架，但「經濟繁榮」卻仍是地方人士不得不思考的另一媒介框架。

另值得進一步討論的是研究方法上的應用問題。在方法上本研究實沿用「議題建構」與「議題共鳴」的假設，作為尋析媒介報導主要框架之依據，此一方法似可供社會運動研究者參考。學者Touraine指出社會運動應在一個行動的領域之內(fields of action)作探索，也就是說社運的結果往往是介入雙方互動的結果，而非是單方面地作為可以達成(Giddens,1993:646)。新聞的框架分析或許可就Touraine的看法，提供一種實證研究上的方法選擇，以便探討行動者的行動效力問題。

三、　社運議題如何在全國與地方版中建構以及地方新聞媒體對社區居民的功能

本研究發現，「反對六輕設廠是基於地方利益」的報導，出現了由「地方版」溢散到「全國版」的現象；本研究另發現「促進經濟景氣」此一議題，出現了由「全國版」共鳴到「地方版」的現象。

基本而言，本研究的資料證實了Mathes等學者的發現，反對議題(counter-issues)於傳散的過程中，可以從「替代性媒介」溢散到「建制媒介」(Mathes and Pfetsch, 1991)。但因是面臨著其他議題的競爭，所以本研究所發現的散溢效應並不顯著而強烈。

　　本研究的資料也證實了Noelle-Neumann的發現，即媒介議題本身有其發展路徑，媒介通道之間會彼此建構議題。(Noelle-Neumann and Mathes, 1987; Shoemaker, 1989)。

　　其次就地方媒介（全國性報紙的地方版）的角色問題，本文發現其角色是頗為尷尬，它一方面必須與地方社區保持一種休戚與共的精神，以獲得地方人士的認同；但是它又必須傳達受抗議團體（本文中的臺塑企業）的宣示，以維護媒介平衡報導的準則。但因本文並未比較單一的地方媒體如何報導地方社運，使本研究受到諸多解釋上的限制。

　　最後，必須指出的是本研究的不足之處，在於分析過於靜態且視社運組織為權力的必然單位。就一個動態的分析模式裡，在不同階段裡社運組織有不同的權力宣達方式 (Benford, 1992)，這應是往後此類的研究取向不得不察的地方。

參考書目

中文部分

王振寰(1991)　〈社會運動的政治化及其問題〉；《中國論壇》第32卷第
　　　2 期，p.41–44。

翁秀琪(1994)　〈從消息來源策略角度探討中時、聯合兩報對婦運團體
　　　推動民法親屬編修法的報導〉，女性與新聞研討會，臺北：臺大新
　　　研所。

蔡宏進(1989)　《鄉村社會學》，臺北：三民書局。

鄭瑞城(1990)　〈從消息來源途徑詮釋近用權：臺灣的驗證〉，比較法學
　　　年會，臺北：臺灣大學。

英文部分

Best, J. (1989), "*Road Warriors on Hair-trigger highways:Cultural re-
　　　sources and the media's constructions of the 1987 freeway shoot-
　　　ings problem*", *Sociological Inquiry* Vol. 61 (3): 327–345.

Benford, R. D. (1992), "*Dramaturgy and social movements: the social
　　　construction and communication of power*", *Sociological Inquiry*
　　　Vol. 62(1): 36–55.

Carragee, K. M. (1991), "*News and Ideology*", *Journalism Monograph*
　　　Vol. 128.

Curran, J (1990), "*The New Revisionism in Mass Communication
　　　Research: A Reppraisal*", *European Journal of Communication*
　　　Vol. 5: 131–154.

Fishman, Mark (1980), *Manufacturing the News*, Austin: Univ. of Texas
　　　Press.

Gamson, W. and Modigliani, A. (1989), "Media discourse and Public opinion—A constructionist approach", *American Journal of Sociology*, Vol. 95: 1–35.

Gans, H. (1979), *Deciding What is News*, New York: Panthon house.

Giddens, A. (1987), *Social Theories and Modern Sociology*, Oxford: Polity Press.

Giddens, A. (1993), Sociology, Oxford: Polity Press.

Gitlin, T. (1980), *The whole world is watching*, Cal: Univ. of California Press.

Hall, S., Chrither, C., Jefferson, T. and Clsrke, J. (1981), "The Social Prodution of News", In Cohen, S. and Young, J. (eds.), *The manufacture of news*, Cal: Sage.

Kepplinger, H. M. and Roth, H. (1979), "Creating a crisis: German mass media and oil supply in 1973–74", *Public Opinion Quarterly*, Vol. 43: 285–296.

Lang, E. and Lang, K. (1983), *The battle for public opinion*, NY: Columbia Univ. Press.

Linn'e, O. (1991), "Journalistic Practices and News Coverages of Environmental Issues", *Nordicomm* , Vol. 2: 1–7.

Luhmann, N. (1984), "Public Opinion Select the Issues", In Noelle-Neumann (eds.), *The Spiral of Silence*, Chicago : Univ. of Chicago Press.

Manheim, J. B. and Albritton, R. B.(1987), "Insurgent Violences versus Image-management in South Africa", *British Journal of Political Sience*, Vol. 17: 201–218.

Mathes, R. and Duhlem, P. (1989), "Campaign issues in political strategy and press coverage", *Political Communication and Persuasion*

Vol. 6: 33–48.

Mathes, R. and Pfetsch, B. (1991), "The Role of Alternative Press in the Agenda-Building Process: the Spill-over effects and Media Opinion Leaderships", *European Journal of Communication*, Vol. 6: 33–62.

Mathes, R. and Rudolph, C. (1991), "Who set the Agenda? Party and Media Influence Shaping the Campaign Agenda in Germany", *Political Communication and Persuasion*, Vol. 8: 183–199.

Murdock, G., Schlesinger, P., Tumber, H.(1991) "The Media Politics and Criminal Justices", *British Journal of Sociology*, Vol. 42(3): 398–420.

Noelle-Neumann, E. and Mathes, R. (1987), "The Events as Events and the Events as News: The Significance of Consonance for Media Effects Research", *European Journal of Communication*, Vol. 2: 391– 414.

Shoemaker, P. J. (1989), *Communication Campaign about Drugs: Government, media and the Public*, NJ: Lawrence Erlbaum Association.

Schlesinger, P. (1989), "From production to propaganda?", *Media, Culture and Society*, Vol. 11: 283–306.

Stoecker, R. (1995), "Community, Movement, Organization: The Problem of Identity Convergence in Collective Action", *Sociological Quarterly*, Vol. 36 (1): 111–130.

Strodthoff, G., Hawkins, R. P. and Schoenfled, A. C. (1985), "Media Role in Social Movements", *Journal of Communication*, Vol. 35 (2): 135–153.

Tichenor, P. J., Donohue, G. A. and Olive, C. N. (1989), "Media Coverage and Social Movements", In Salmon, C. J. (eds.), *Information Campain* London: Sage.

Turow, J. (1989), "Public Relations and Newsworks: A Neglected Relationships", *American Behavioral Scientists*, Vol. 33: 206–212.

Tuchman, G. (1977), "The Newspaper as a Social Movement Resouces", In Tuchman, G., Daniel, A. K. and Bennet, J. (eds.), *Hearth and Home: Image of Women in the Media*, New York: Oxford Univ. Press.

Tuchman, G. (1978), *Making News*, New York: Free Press.

Turk, J. V. (1986), Information Subsidies and Media Contents: a Study of PR influence on the News, *Journalism Monograph*, Vol. 100.

Wilkinson, P. (1974), *Social Movement*, 臺北：文景

Wolfsfeld, G. (1984), "Symbiosis of Press and Protest: an Exchange Analysis", Journalism Quarterly, Vol. 61: 550–556.

Wolfsfeld, G. (1991), Media, Protest and Political Violence, *Journalism Monograph*, Vol. 127.

附表1　宜蘭反對六輕設廠運動

　　宜蘭反對六輕設廠運動（以下簡稱反六輕運動），可推及民國76年年初。76年12月，陳定南與王永慶在電視的公開辯論，使得雙方的爭執公開化，白熱化。整個事件歷經76年年底與79年年底的兩次社會抗爭事件，於民國80年8月7日，臺塑公司宣布將六輕廠遷移往雲林麥寮離島工業區興建，宜蘭反六輕設廠運動方告一段落。

　　本研究所稱的「宜蘭反對六輕設廠運動」係指，反六輕運動第二波的抗爭行動。主要抗爭的期間自民國79年12月1日（宜蘭縣縣民到臺塑總部與經濟部抗議）到民國80年元月26日（舉行反六輕見證之夜）。基本上，反六輕運動的階段如下（資料來自宜蘭反六輕組織之內部資料，保存於宜蘭仰山文教基金會）：

1. 79年10月2日　根據臺塑內部的消息指出，六輕建廠的地點，仍以宜蘭利澤工業區為主要的考慮。

2. 79年10月6日　雲林臺西、麥寮兩鄉代會，堅決反對設立六輕廠。

3. 79年10月22日　王永慶在美國接受聯合報訪問指出：「臺灣建六輕的地方可多得很，宜蘭、花蓮、外傘頂洲及臺糖用地皆可興建」。

4. 79年11月2日　王永在說明臺塑公司仍於國內進行「六輕設廠評估」，以反駁陳水扁指稱：「王永慶不打算在臺灣興建六輕」的說法。

5. 79年11月3日　王永慶在美國表示：「海滄案與大家達到共識，得到大家諒解後，才會採取行動」。

6. 79年11月10日　報載：臺塑內部的高級人員表示，臺塑六輕廠設利澤的動向，更趨明朗。

　　　　　　　　經濟部工業局表示，六輕建廠不論臺塑選中何處，工業局都將配合。

　　宜蘭縣長游錫堃首度表明，只要他當縣長，六輕就不可能到宜蘭設廠。

7. 79 年 11 月 22 日　宜蘭成立「反六輕自救組織」，由陳定南擔任召集人。

8. 79 年 11 月 23 日　王永慶在美國發佈第四篇萬言書：「國內加工廠應停止外移腳步」。指明石化下游產業外移的不利。

9. 79 年 11 月 8 日　王永在表示：臺塑興建六輕廠，絕對沒有指定「宜蘭利澤」。

10. 79 年 11 月 30 日　立法院集思會主張，六輕是否在宜蘭興建應由全體縣民公民投票表決。

　　臺大蘭陽校友會提出「反六輕」聲明。指出：輕油裂解廠為污染性極高的化學廠，將反對六輕到宜蘭設廠。

11. 79 年 12 月 1 日　反六輕自救組織發表「致臺塑抗議書」。

　　並發動宜蘭兩千餘位群眾到臺北臺塑總部及經濟部抗議。

12. 79 年 12 月 2 日　反六輕組織在羅東舉行萬人大遊行。

　　宜蘭旅美人士發表「反對臺塑重回宜蘭興建六輕」聲明。強調臺塑企業挾產業外移之實，威脅政府助其重返利澤。

13. 79 年 12 月 3 日　兩百餘名教授學者聯署，支持「反對臺塑重回宜蘭興建六輕」。

14. 79 年 12 月 4 日　王永慶發表公開信，指責陳定南應為宜蘭縣民眾福祉及國家工業前途重新思索，循正途而行。

15. 79 年 12 月 5 日　陳定南在立法院召開記者會，針對王永慶的指責「回話」，說明反對六輕到利澤設廠的理由。

16. 79 年 12 月 6 日　郝柏村在行政院院會中指示，六輕一定要興建，且須

符合環保安全標準。並表示，「國家建設是考慮整體利益，不能因某地區或極少數人的利益而否定整體利益」。

17. 79 年 12 月 8 日　李登輝到利澤工業區視察，認為六輕非建不可。

18. 79 年 12 月 8 日　臺灣教授協會成立，會後發表決議支持宜蘭反六輕運動。
臺塑公司正式提出六輕、煉油廠建廠計劃。

19. 79 年 12 月 11～19 日　反六輕組織在五結、冬山、蘇澳、三星、羅東及壯圍等鄉鎮舉行18場次反六輕說明會。

20. 79 年 12 月 14 日　反六輕組織質疑臺塑出資支助五結、冬山、蘇澳等鄉民代表，赴日考察石化工業。

21. 79 年 12 月 20 日　臺塑向工業局提出延長利澤工業區一年的申請，並變更建廠類目由原來的石化下游生產工業工廠。

22. 79 年 12 月 20 日　全國工業總會監理事會議，將「六輕聲援案」提報經濟部。

23. 80 年元月 6 日　反六輕自救組織在羅東舉行「反六輕」之夜。

24. 80 年元月 8 日　宜蘭縣政府函送環保署，工業局等單位，重申反對六輕到宜蘭設廠，表明拒發建築執照，拒准水權登記，拒予核轉工廠設立許可的立場。

25. 80 年元月 13 日　郝柏村視察宜蘭指示：指六輕該不該興建或建在何地，應由專家作決定。

26. 80 年元月 23 日　報紙刊出「一群關心蘭陽地區發展的宜蘭人」，匿名廣告，支持六輕到宜蘭設廠。

27. 80 年元月 26 日　反六輕組織為羅東舉行六輕見證之夜。

28. 80 年元月 28 日　王永慶在美國向來訪的桃園縣長劉邦友表示，希望在桃園縣觀音鄉興建六輕。

　　　　　三名應臺灣環保聯盟訪臺的美籍環保人士，結束訪臺
　　　　　行程，對臺塑未能妥善處理事業廢棄物表示不滿。
　　　　　桃園縣長劉邦友表示有條件接受六輕在觀音設廠。肯
　　　　　定王永慶回饋地方的誠意，只要與業者達成協議，建
　　　　　地取得應無問題。

29. 80 年 2 月 1 日　「德州人團結組織」在美發表聲明，聲稱臺塑為一個
　　　　　國際性環保罪犯。臺塑在美國分公司表示，如他們發
　　　　　表不實消息，將採取法律行動。

30. 80 年 2 月 8 日　臺塑公司展開春節文宣攻勢，印製火車時刻表散發，
　　　　　以「我們都是石化工業的受益者」及「六輕再創經濟
　　　　　發展的第二春」等訴求為六輕促銷。
　　　　　反六輕組織發動新年文宣攻勢，「新年答客問」。說明
　　　　　為什麼反對六輕及六輕的污染。

31. 80 年 2 月 28 日　宜縣反六輕自救組織召開年終總檢討會，對於未來六
　　　　　輕組織表示審慎的樂觀，認為臺塑不致於與宜縣民意
　　　　　相違抗，執意設廠。

附表2

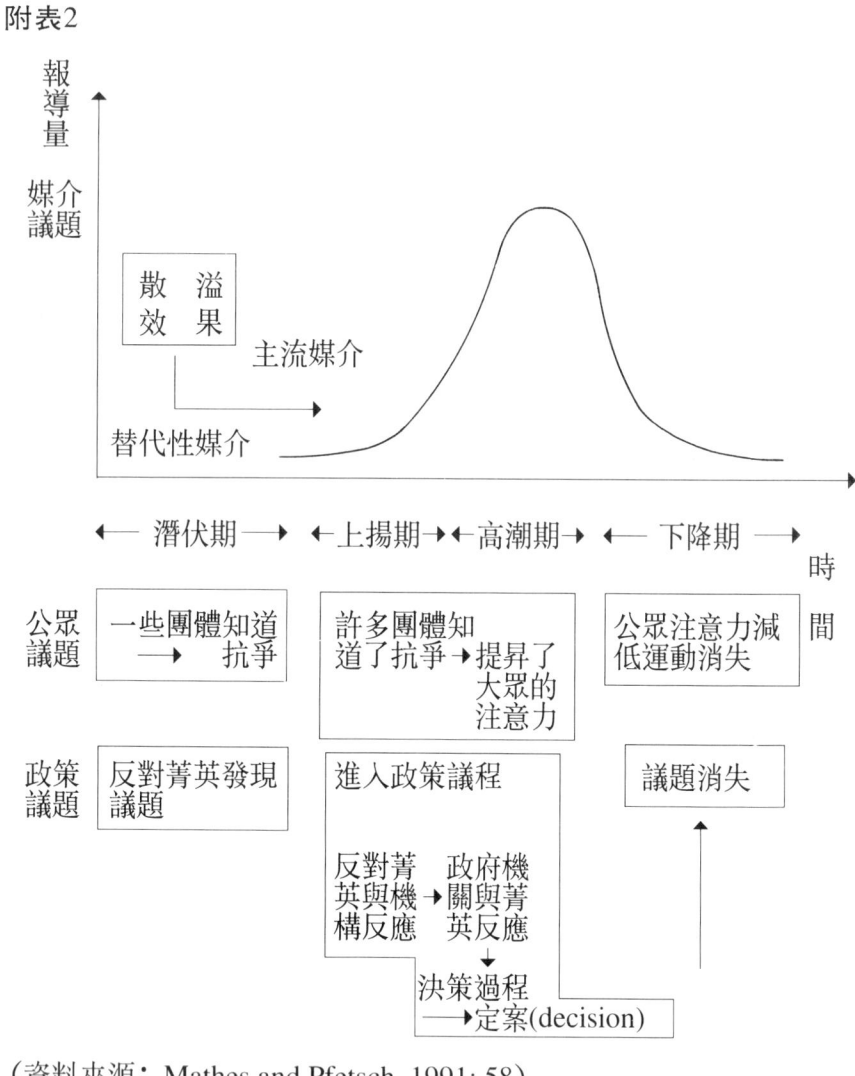

（資料來源：Mathes and Pfetsch, 1991: 58）

附表3

反六輕運動文宣傳單之主要內容

文宣品編號	標題與主要內容
捍衛宜蘭系列之一	打一場捍衛鄉土的聖戰—— 　　1.宜蘭縣反六輕組織成立宣言 　　2.執政黨請不要成為說謊世家 　　3.反六輕活動一覽表
捍衛宜蘭系列之二	世界級的環境惡徒—— 　　1.打破國內外紀錄的「污染之神」 　　2.六輕污染大觀 　　3.反六輕活動一覽表
捍衛宜蘭系列之三	法理情反六輕—— 　　1.設立六輕違反北部區域計劃 　　2.宜蘭因地形因素不適設六輕 　　3.各鄉鎮反六輕說明會一覽表
捍衛宜蘭系列之四	愛到最高點誓死反六輕—— 　　1.六輕侵害宜蘭的生活空間 　　2.毀滅家園的酸雨 　　3.反六輕巡迴說明會
捍衛宜蘭系列之五	反對六輕歡迎工業 反對污染歡迎繁榮—— 　　1.歡迎微污染的下游工業 　　2.六輕不來前景看好 　　3.反六輕大會師活動節目表

資料來源：宜蘭仰山文教基金會

附表4

樣本登錄表

一、一般資料

　⑴新聞編號：＿＿＿＿／＿＿＿＿／＿＿＿＿

　⑵標題：＿＿＿＿＿＿＿＿＿＿＿＿＿＿＿＿＿

　　　　＿＿＿＿＿＿＿＿＿＿＿＿＿＿＿＿＿＿

　　　　＿＿＿＿＿＿＿＿＿＿＿＿＿＿＿＿＿＿

　⑶刊載日期：＿＿＿／＿＿＿／＿＿＿／＿＿＿／＿＿＿／＿＿＿

　⑷頭版新聞：＿＿＿＿＿＿＿＿＿＿＿＿＿＿＿＿＿＿＿

　　　　　　　＿＿＿＿＿＿＿＿＿＿＿＿＿＿＿＿＿＿＿

二、社會運動階段

　（　　）　　1.初動期：民國79年10月1日至民國79年11月31日

　　　　　　　2.抗爭期：民國79年12月1日至民國80年1月31日

　　　　　　　3.移轉期：民國80年2月1日至民國80年2月28日

三、媒介通道

　⑴報別（　　）1.中央日報　2.聯合報　3.民眾日報

　⑵版次（　　）1.全國版　　2.地方版

四、新聞來源

　（　　）　1.反六輕組織　2.臺塑企業集團　3.中央政府　4.地方政府

　　　　　　5.中央民意代表　6.地方民意代表　7.學者　8.企業組織

　　　　　　9.民間團體　10.記者　11.民眾　12.其他＿＿＿＿＿＿（請註明）

五、報導類型類目

　（　　）1.新聞補貼式新聞　2.文宣活動式新聞

　　　　　3.觀念促銷式新聞　4.媒介事件式新聞

　　　　　5.特　稿

六、報導主題類目

（ ） 1.政府聲明 2.臺塑集團聲明 3.反六輕組織聲明
4.抗爭事件 5.六輕設廠事宜 6.臺塑赴大陸投資事宜
7.產業政策 8.環保政策 9.經濟利益 10.環境利益
11.民意代表聲明 12.聲援 13.其他 ＿＿＿＿＿（請註明）

七、議題類目

（ ） A.新聞內容強調於「社區利益」
1.事件過程的說明
2.反對六輕設廠是基於維護地方利益自主
3.臺塑六輕設廠環境影響評估過於粗糙
4.臺塑工廠的污染事實
5.宜蘭因地形因素不適於設高污染性工廠
6.歡迎低污染性工業
7.抗爭事件是表達意見的管道
8.對反六輕組織的奧援

（ ） B.新聞內容強調於「國家利益」
1.事件過程的說明
2.設立六輕廠是基於「把根留在臺灣」的理念
3.籌辦六輕在臺設廠事宜
4.國內石化產業落後
5.帶動投資景氣
6.加強環保措施、與社區溝通
7.抗爭事件造成經濟停滯
8.對臺塑集團的聲援

第三章　媒介對不同政策性議題建構的理論初探
——以「彰濱工業區開發」和「黑名單開放」為例❶

蘇湘琦

---

❶ 本章改寫自作者民國83年的同名論文。

壹、研究動機與研究問題

　　1980年代的臺灣政治改革正逐漸蔓延，報禁開放、憲政改革等措施使數十年的威權體制一點一點鬆動；其中報禁的開放，使得意見自由市場的夢想得以向前邁進一大步。但是媒介充裕性(media abundance)並不代表媒介多元性(media diversity)，因為意見的多元化(diversity of ideas)與媒介多樣性 (media pluralism) 和訊息多樣性 (message pluralism) 息息相關，並非只有媒介數量多即可達成 (Schiller, 1976; 轉引自 Donohue & Glasser, 1978: 592)。而Ball-Rokeach & DeFleur(1976)的媒介依賴理論指出人們相當依賴媒介所提供的資訊作為生活的準則，因此媒介內容究竟是主觀真實或客觀真實便格外吸引學者注意 (Kepplinger & Hachenberg, 1980; Kepplinger & Roth, 1978)。

　　不過Lang & Lang (1981)的議題建構卻一語道破媒介主動建構議題的角色：媒介發掘議題報導他們，使他們進入公共範疇(public domain)。從這個觀點來看媒介似乎已取代政黨成為大眾與決策者間的橋樑(Linksy, 1986)，影響議題的起落與合理化(Cook, 1981)。若進一步探究議題形成的過程則發現，幾乎所有議題都需要透過媒介加以傳散，正如Schlersinger (1989)所言，各種社會力運用媒體策略來影響新聞報導、界定議題。Cobb & Ross早在1976年就有類似的發現，以議題發起人的性質說明議題建構的方式。他們將議題分為公眾議題 (public agenda) 與官方議題 (formal agenda)；前者指的是由公眾發起的議題，後者指的是由政府決策人士主導的議題。而由公眾議題變成政策議題的過程稱為外部策動模式 (outside initiative model)，由官方議題變成政策議題的過程稱為動員模式(mobilization model)。由於二者所擁有的資源不同，再加上媒體本身有其立場，使得在議題建構過程中二者所採取的媒體策略不見

得相同，而媒體所呈現的「真實」也有其差異。顯見除了社會力的影響外，媒體本身也有一套運作框架呈現議題。因此本研究擬以黑名單開放（公眾議題）與彰濱工業區開發（官方議題）二議題為例，探討媒介如何建構這二個議題，亦即：

　　1.不同議題在媒介體系間的傳散方式為何？

　　2.媒介體系如何處理不同性質的議題？

貳、 研究問題的背景陳述

一、 彰濱工業區開發

　　彰濱工業區的開發源於民國65年第一次能源危機後，為配合中部地區工業發展需要，於民國66年經行政院核准將彰化縣海埔地編為工業用地，是一基礎工業區；並且在民國68年就開始抽砂填土的造地工程。而後因第二次能源危機與經濟不景氣，於民國70年下令暫緩施工。而後又因景氣好轉與需要大面積之廠商增加，遂於民國77年經行政院核示重新復工，且在79年11月正式復工，計畫將其興建為高水準之綜合性及科技工業區。不過其間因杜邦計畫在鹿港設廠（75年）而引發鹿港反杜邦運動，使得彰濱工業區的重新開發更加引人注目。

　　彰濱工業區的地理位置位於臺灣中部彰化縣境西海岸，面積共3643公頃，採離島式開發，分線西、崙尾、鹿港三區，預計87年全部開發完成。不過由於79年重新開發時，未進行環境影響評估就自行整地，遭環保署勒令停工；後雖經協調可進行整地，但仍引起環保人士的抗議：認為即使是整地也會影響海岸地形與生態，更應小心謹慎。此外彰濱的開發由原先的濱海保護區搖身一變為工業區，其中1/3將規劃為遊樂區，但二者並無區隔令人質疑？同時雖然過去的工業區開發或許真的創造了臺

灣的出口經濟奇蹟，但也帶來不可忽視的環境成本與社會成本，尤其製造了「污染不公平分配」和「階級不公」。上述的質疑，使得彰濱工業區的開發充滿爭議。

二、黑名單開放

近幾年來反對人士鼓吹的「黑名單」(執政黨稱為列註人士)開放問題，談的就是海外異議人士的返鄉權。臺灣對於入出境的管理早在民國38年就已開始實施，只不過當時是為防範大陸人士入境而定，直到近十年才轉為對海外異議人士返鄉的限制。雖然執政當局一直不願承認有黑名單的存在，只承認為保護國家安全有列註名單的事實，但從世界先進國家——只對暴力或恐怖份子限制入境的情況來看，卻又無法遮掩臺灣確有黑名單問題。不過若要對黑名單問題有深入瞭解，除了能否入境外，入境之後的設籍與司法審判（是否涉及內亂或叛亂）也是對異議人士入境的變相限制。基本上黑名單（列註人士）的存在是經過三個過濾系統而來，分別是情治單位（國安局、警備總部等）、司法單位（法務部）與行政單位（外交部駐外使館等），其法源基礎為：

（一）入境方面

1.解嚴前是以戒嚴法第十一條第六款作為管理依據，解嚴後則是以動員戡亂時期國家安全法第三條第二項第二款「有事實足認為有妨害國家安全或社會安定之重大嫌疑者」，及同法施行細則第十二條第一款「參加共產黨或其他叛亂組織，或其活動者」等為依據，不予許可入境。

2.解嚴後的相關動戡法律須在81年7月31日前完成修法工作，因而立法院於81年7月將動戡時期國家安全法修改為國安法，其中第三條第二項第二款修改為——有事實足認為有妨害國家安全或社會安定之重大嫌疑者得不予許可入境，但曾於臺灣地區設籍，在民國38年以後未在大

陸地區設籍，現居住於海外，而無事實足認為有恐怖或暴力之重大嫌疑者，不在此限，使得爭議多時的黑名單問題得以解決（是否真的完全解決，朝野人士還是持不同看法）。

（二）設籍方面

原戶籍法中明定：戶籍登記之申請應於事件發生或確定後15日內為之。但80年6月公佈的「國人入境短期停留長期居留及戶籍登記作業要點」中規定：在臺原有戶籍者，未經許可入境未取得外國國籍者，應於檢察機關偵查第一審後，備妥起訴書或不起訴書等文件，向境管局申請補辦入境手續，才能向戶政機關辦理遷入登記。這項作業要點使得異議人士闖關後無法設籍，但由於修改後的國安法已放寬對異議人士的入境限制，今後異議人士無法設籍的情況應會改善不少。

（三）司法審判方面

海外異議人士闖關後還要面臨司法的審判，原是以刑法100條的內亂罪與懲治叛亂條例的叛亂罪為依據。而後因動戡法律的修改——廢除懲治叛亂條例與刑法100條修正為「和平言論不構成內亂罪」，使異議人士得以獲得較公平的審判。

由於解嚴及動戡法律的修改或廢除，使得黑名單得以大幅放寬，入境之後的設籍與司法審判問題也大多得到解決。不過由於入境仍採「許可制」，駐外單位對持有中華民國護照的國民不一定准其返國，必須另行向駐外單位申請「回臺加簽」才能回國，因此執政當局雖已放寬黑名單，但其執行細節與過程仍遭反對人士的批評與抨擊。

基於上述的討論，本研究的「彰濱工業區開發」議題是指有關彰濱重新開發的新聞報導。黑名單問題雖涉及戶籍與司法審判等問題，不過本研究的「黑名單開放」議題純粹是針對政府對海外異議人士的入境限

制，指的是有關政府對海外異議人士入境限制的新聞報導，並不處理入境之後的設籍與司法問題。

參、文獻探討

一、理論陳述

Noelle-Neumann & Mathes (1987)於1984年利用親身訪談方式研究西德的媒介體系（包含報紙、廣播及電視），發現大部份的新聞記者有相互共同取向(reciprocal co-orientation)的現象：參考其他媒介的內容作為報導的依據(轉引自Mathes & Pfetsch, 1991: 35)。由於西德的民主政治及報業發展健全，依其內容與功能可將西德的報業區分為：意見領袖媒介(opinion-leading media)（這類媒介通常是指建制媒介或菁英媒介）與另類媒介(alternative media)。前者具有意向設定(trend-setting)的功能，為其他新聞記者資訊與參考架構的來源；後者則較具批判意識(critical intelligentsia)，為主流媒介所忽視的議題提供近用媒介的通道 (Noelle-Neumann & Mathes, 1987; Kepplinger, et al., 1986; Stankowski, 1983; Weishler, 1983; Zugel, 1983)。

Mathes & Pfetsch (1991) 根據上述的基礎，進一步探討西德的報業是如何相互影響及設定彼此的議題。Mathes 等人利用三個反對議題(counter-issue)（抵制人口普查、反對新身份證的施行及假恐怖份子攻擊事件）研究議題如何發生、如何在媒介體系中建構與如何從媒介議題變為政策議題，具體的發現如下：

　1.將議題的生命週期分為：

⑴潛伏期與預備期：另類媒介先報導且呈增加趨勢。

⑵上升期：建制媒介（或稱意見領袖媒介）開始加入報導行列。

　⑶高峰期：不管何種媒介均大量報導，此時也由媒介議題形成政策議題。

　⑷衰退期：形成政策議題後媒介注意力轉弱。

　2.議題由潛伏期與預備期轉變為上升期時，建制媒介開始加入報導，這種由另類媒介流向建制媒介的議題傳佈方式稱為溢散效果 (spill-over effect)。

　Reese & Danielian (1989) 則以1986年美國的傳播媒介對古柯鹼 (cocaine)的報導為例，企圖探討是否有意見領袖媒介的存在。結果發現紐約時報是其他報紙的意見領袖媒介，且不同媒介體系間（報紙、雜誌與電視）報導的量與內容相似性頗高。Noelle-Neumann & Mathes (1987) 研究1968年倫敦的反越戰示威，則發現有意見領袖媒介的現象（建制媒介*Times & The Guardian*最先報導新聞後，其他報紙才跟進），且意見領袖媒介的內容為其他報紙所採納形成一股連鎖反應 (chain reaction)，稱為共鳴效果(consonance effect)。

　雖然Mathes等人並沒有對媒介議題或內容作詳細的區分與界定，但若和前述Cobb & Ross (1976)的議題建構模式相比較，可發現相似之處；亦即 Mathes 等人的溢散效果類似外部策動模式 (outside initiative model)，議題均是由非政府決策人士發起，逐漸形成政策議題。此外，Mathes & Pfetsch(1991)也指出若要發生溢散效果必須是對原有社會體制構成威脅，以吸引建制媒介的注意。而 Reese 等人的研究雖與上述的動員模式 (mobilization model)不同（議題不是由政府決策人士發起），但其議題是由建制媒介流向其他媒介的傳佈方式，也說明了議題的性質會影響媒介體系間的議題傳散。

　基本上議題建構是由媒介議題、公眾議題與政策議題間三者相互連結(Manheim, 1987)，若將其連結視為一體系，則發現社會體系是由邊緣體系(marginal system)與優勢體系(dominant system)組成。前者包含反對

菁英、民眾與另類媒介，可運用的資源較少；後者包含建制的政治菁英、菁英媒介與大眾，擁有較多的資源，議題由另類媒介流向建制媒介稱為溢散效果(Mathes & Pfetsch, 1991: 54–55)。而 Reese 等人的研究則是發現意見領袖媒介的存在，二者的研究也指出其他媒介均採用意見領袖媒介的內容為其參考架構，產生連鎖反應形成報導內容的相似性，稱為共鳴效果(consonance effect)（此處的意見領袖媒介是指建制媒介，亦即議題由建制媒介流向其他媒介）。

由上述討論中可以發現媒介體系間議題的傳散確實存有溢散與共鳴的現象，亦即不同議題在媒介體系間傳散的方式不同。但除考慮議題的流動方向外，尚需明瞭媒介如何框架(frame)議題，才能對媒介如何建構議題有較深入的理解(Mathes & Pfetsch, 1991: 59)。而 Noelle-Neumann & Mathes (1987)也指出共鳴效果可分三個層次：

1.媒介間的議題設定：那些主題被報導。

2.聚焦(focus)：只注意主題的某些面向。

3.評價(evaluation)：給予正面或負面評價。

這種觀點恰好與 Mathes 等人的觀點一致，除了探究議題的流動方向外，也應注意彼此所採納的參考架構是否一致，即不同類型（建制或另類）的媒介是如何建構議題的。因此，議題的傳散與內容除受議題性質影響外，也受媒介類型影響。

二、媒介類型

受到社會學、馬克思學派與媒介機構和社會政治機構關係愈趨緊密的影響，媒介機構(media institution)逐漸成為傳播研究的重心。Curran 等人(1982)認為研究媒介機構有四種途徑：⑴機構的結構與角色關係，⑵媒介機構的政經結構（所有權與控制），⑶從業人員的專業理念與工作實踐，⑷媒介機構與社會政治環境間的互動。Schudson (1989)則從新

聞產製(news production)的觀點出發，認為有三種途徑研究媒介機構：
⑴新聞政治經濟學，⑵新聞工作的社會組織，⑶文化學取向。二人均指
出欲瞭解媒介組織，除探究其根本的政經結構（所有權與控制）外，尚
需觀察產製過程中的組織結構、社會、政治、文化等的影響。不過由於
本研究架構是源於溢散與共鳴效果，這些研究中對媒介的分類大多是以
媒介內容為依據，因此在研究媒介類型時，也不可忘記內容的重要性。
綜合上述，本研究將以媒介基本結構——所有權與媒介內容（產製過程
的結果）二個面向探究媒介的類型。

（一）報紙所有權

臺灣由於獨特的政治體系，使得資源長期為國民黨所控制，就連新
聞媒體也無法倖免。除了廣為人知的廣電媒體外，其實印刷媒體（特別
是報紙）也大多為國民黨所掌控。若以報紙的所有權為區分標準則可分
為：

1.黨營及政府經營的報紙：中央日報、中華日報、成功晚報、新生
報等。

2.軍營報紙：青年戰士報、臺灣日報等。

3.民營報紙：聯合報系、中國時報系、自由時報、自立報系、民眾
日報、臺灣時報等。

由所有權觀之，似乎國民黨掌控的報紙仍然有限，因為仍有相當多
的民營報紙存在。不過如果進一步分析其董事名單，則會呈現另一種不
同的面貌。

1.聯合報系：王惕吾夫婦及其三位子女共佔約72%的股權❷，是典
型的家族企業。王惕吾本人曾任國民黨中常委，女兒王效蘭與要員高惠
宇及馬克任曾為國民黨中央委員，與國民黨關係密切，且長期以來的走

---

❷　資料來源出自《財訊》月刊129期 p.207（民國81年12月）。

向是趨於保守、效忠軍方❸。

　2.中國時報系:實際負責營運的余紀忠家族成員只佔約38%的股權,約有60%的股權為蔣家御醫熊丸所擁有❹。而余紀忠曾為國民黨中常委,女兒余範英為國民黨中央委員,與國民黨也有頗深的淵源❺。

　3.自由時報:林榮三家族擁有約45%的股權,13.4%的股權為吳阿明所有。林榮三為前監察院副院長,其立場是擁護李登輝;而吳阿明則是林榮三的老幫手❻。

　4.自立報系:為臺南幫與其他財團所掌控。79年統一老闆高清愿加入後,臺南幫南紡與統一的股權就佔自立報系的70%左右。但由於吳和田(吳豐山之兄)於81年投下巨資收購吳三連名下的股份後,兄弟二人控股已超過自立報系51%的股份,成為最大股東。而自立報系原由吳三連、後由吳豐山主管經營權,均為無黨籍人士,亦沒有在國民黨內擔任要職。而從以往的言論來看,尺度較開放、對群眾運動報導較寬容,被視為較具獨派色彩❼。

　5.民眾日報:李瑞標家族經營,與國民黨關係較疏遠(陳雪雲　民80)。

　由此可看出除了自立報系與民眾日報等少數報紙與國民黨關係較疏

---

❸　研究者綜合《財訊》95、97、103、與129期有關新聞媒體的相關報導之所得的結果。

❹　資料來源出自《財訊》月刊129期 p.207(民國81年12月)。

❺　同註❸。

❻　同註❸。

❼　所有權的資料來源為《新新聞》306期,p.30-37,至於相關的人事安排與其言論內容則綜合《財訊》97和129期的報導,與陳雪雲的博士論文(民80)。且此為論文寫作時(民國83年)自立報系的股權結構,該報系的所有權已於民國84年轉至國民黨的陳政忠集團手中。

遠外（陳雪雲民80）， 大部份報紙仍直接或間接為國民黨所掌握，這樣的現象造成大多數報紙對反對議題或街頭運動的報導持負面態度（蘇蘅民75，陳秀鳳民79，胡愛玲民79，陳雪雲民80）。

（二）報紙內容

呂桂華（民79）以核四設廠為例研究大眾媒介在公共政策制定過程中所扮演的角色發現，⑴報社立場與報導傾向一致，立場越保守的報紙有利於核四的報導愈多。其比例依次為中央日報、聯合報、中國時報、自立晚報，不利於核四的報導比例依次為自立晚報、中國時報、聯合報、中央日報。⑵報社立場使報導主角（消息來源）出現比例上之差異，除自立晚報外，中國時報與聯合報皆以臺電和中央政府為主要消息來源，但中國時報兼重地方民眾和民間團體；中央日報則明顯擁護中央政策。

游其昌（民76）以杜邦事件為例探討報紙對社會衝突的報導發現，⑴報社立場與報導傾向一致，立場越保守的報紙有利於杜邦內容的比例愈多；依次為中央日報、臺灣新生報、聯合報，中國時報則是明顯不利於杜邦。⑵報社立場使報導主角（消息來源）出現比例上之差異。四報均以中央政府為報導主角，第二順位方面只有中國時報是地方民眾，其餘三家則為杜邦公司。

陳素玲（民80）研究報社對四則重大自力救濟事件的報導發現，⑴77年「520農權會」：中央日報負面報導最多，中國時報負面報導多於正面報導，自立晚報則持中立立場。⑵77年「51罷駛」： 三報皆持中立，但比例依次為自立晚報、中央日報與中國時報。⑶79年「529反軍人組閣」： 中央日報與中國時報為負面報導，自立晚報為中立。⑷75年「鹿港反杜邦設廠」：三報均中立。

陳秀鳳（民79）以民進黨街頭運動為例，探討報紙對政治衝突事件的報導發現，⑴報導手法中央日報為「情緒取向」， 中國時報為「理性

分析」，自立晚報則為「現實陳述」。(2)中央日報與中國時報均強調「支持現狀」與「警方、愛國組織及無辜民眾受影響之情形」，但中時兼顧民進黨人士的看法，自晚則稍偏向支持改革。

　　黃丕鶴（民79）研究報紙對民進黨的報導發現，自立晚報呈現多元觀點、以民進黨為主要消息來源，中央日報則呈一面之詞的負面報導，至於中國時報則為平衡報導。楊淑智（民78）研究報紙社論有關公共政策的報導發現，中央日報偏重宣傳，中國時報則提出忠告並呼籲遵守。熊傳慧（民74）則探討報紙對環境問題的報導發現，自立晚報不重視官方消息，中央日報、中國時報與聯合報的官方消息多於地方消息。

　　翁秀琪（民80）以報紙對勞工運動的報導為例，探討傳播內容與社會價值變遷的關係發現，(1)聯合報、青年日報重視中央行政機關的消息、忽略勞方，中央日報、中國時報與自立晚報則相反。(2)以中國時報和自立晚報的報導最有利於勞方。陳雪雲（民80）的研究則指出報紙對群眾運動的報導中，以自立晚報最適當。

　　從上述的討論中可以發現中央日報與聯合報的內容較保守、自立晚報較開放、中國時報則居中，雖然民眾日報尚無具體的實證資料，但從其所有權與媒介內容長期走向而言，應與自立晚報同類，屬於較開放的報紙。至於自由時報一般雖認為言論較開放，但其擁李的作風又使得報紙難以定位。基於此本研究選定中央日報、聯合報、中國時報、自立晚報與民眾日報為研究對象，將其分類為：

三、 相關實證研究

（一） 在議題傳散方面

許傳陽（民 81） ❽將媒介通道分為一般對象媒介（報紙的全國版）
與特別對象媒介（報紙的地方版）研究「宜蘭反六輕設廠」議題的傳散
發現，防衛性議題由一般對象媒介通道傳散至特別對象媒介通道，反對
性議題則由特別對象媒介通道擴散至一般對象媒介通道。而陳秀鳳（民
79）以民進黨街頭運動為例發現，自立晚報（另類媒介）在政治衝突醞
釀之初，相關報導即已較中央日報（建制媒介）與中國時報（居中媒介）
傾向置以醒目的版面。

（二） 在媒介如何處理議題方面

Mathes & Rudolph(1991)認為媒介的影響力在於突顯或低調處理某
些議題，並以此方式表達媒介立場，用以迴避易於為人詬病的議題評價。
Mathes & Danlem(1980) 研究德國媒介對租貸法案 (Rental Law) 的報導
發現，報社立場會影響議題的報導層面。而國內的陳素玲（民80）在「大
眾傳播媒介對重大自立救濟事件報導之內容分析」的研究中發現，除了
自立晚報外，其他媒介（中央日報與中國時報）對自立救濟事件的報導
往往很少給予事件參與者或異議份子表達意見的機會，且傾向強化自立
救濟事件不為社會大眾所認同的一面。呂桂華（民79）以核四為例研究
媒介對此議題的報導發現，報社立場影響議題報導的重心：中央與聯合
側重政府決策、專家評估和安全因素，自立晚報側重專家評估，中國時
報則突顯核電辯論議題。而游其昌（民76）與陳秀鳳（民79）的研究也
都指出，報社立場會影響報導議題的層面。

---

❽ 許傳陽的研究詳見本書第二章。

此外許多研究同時也指出報社立場與報導態度有關（Carragee, 1991；陳素玲民80，翁秀琪民80）。國內的游其昌（民76）研究報紙對社會衝突（杜邦）的報導發現，立場愈保守的報紙，有利於杜邦的內容比例愈多。呂桂華（民79）研究媒介對核四的報導也發現，立場愈保守的報紙有利於核四的內容愈多。

綜上所述，議題性質確實會影響媒介體系間的傳散方式，而不同媒介對不同議題也自有一套處理原則。但是多半研究只處理單一議題或同性質之議題，對國內的報紙也多不加以界定。因此本研究擷取 Mathes & Pfetsch 溢散效果 (spill-over effect) 及 Noelle-Neumann & Mathes 共鳴效果(consonance effect)的觀點，且試圖從理論層次、媒介類型及相關實證研究對媒介加以分類，並挑選二個性質不同但發生時間相近之議題，以利探討不同議題之建構能力，並彌補國內外議題建構研究之不足。

肆、研究方法

本研究的二個議題分別是「彰濱工業區開發」與「黑名單開放」，研究者以飽和抽樣(saturation sampling)方式，根據本研究對報紙的分類選擇「中央日報」、「聯合報」、「中國時報」、「民眾日報」與「自立晚報」五家報紙加以抽樣發現，這二議題的報導總共有2165則。其中有關彰濱工業區的報導有165則，黑名單開放的報導則有2000則。

研究時間方面，必須從不同議題的起源來看：

1.彰濱工業區開發：彰濱工業區開發是於民國77年經行政院核定重新開發，不過報紙在76年時就已經開始報導這項議題。

2.黑名單開放：政府對所謂「海外異議人士」入境的限制，早在多年前就已展開。不過由於解嚴（民國76年7月15日）後相關法令的廢止、修改，使得海外異議人士紛紛採取闖關、偷渡等方式來突顯這個不合理

的現象。而早期報紙對這個問題的報導也大多以衝突或特殊事件處理，直到民國76年8月23日民眾日報的學者專欄中，首先以「黑名單」界定海外異議人士的入境限制，其他報紙才跟進，開始有針對黑名單議題的相關報導。

　　根據上述的說明，「彰濱工業區開發」的研究時間將從民國76年1月1日至民國81年12月31日止；「黑名單開放」的研究時間將從民國76年7月15日（解嚴）至民國81年12月31日止。在單元與類目的建構方面，本研究使用的單元為「分析單元」，亦即以則數作為基本的歸類單位；類目建構內容則請參考本章所附之登錄表。

伍、 研究結果

一、 不同議題在媒介體系間的傳散方式

（一） 官方議題──彰濱工業區開發

　　彰濱工業區是在民國77年經行政院核定重新開發，不過相關的零星報導則早於民國76年時就已開始。從76到81這六年間相關的報導持續不斷，而79年更是彰濱工業區開發議題的尖峰期，相關的報導累積到最高點。

　　若以報紙報導的先後順序來看則發現，76年2月時「聯合」首先開始報導彰濱工業區的開發，同月「民眾」跟進。而後3月時「中央」也加入，5月時「自晚」也開始報導，「中時」則遲至9月才開始報導相關的新聞。整個研究時間中「聯合」不但是最先報導，在初期（76與77）的報導則數也一直居首。

　　進一步依文獻探討中的媒介分類方式分析發現，建制媒介並不是完

全領先其他類型媒介而先報導此議題，因為另類媒介的「民眾」對此議題的報導就先於建制媒介的「中央」，不過這只是一時間報導先後順序的差別。配合整個研究時間的報導則數得知，不管在那一年建制媒介對彰濱工業區的報導都明顯多於另類媒介（參見表1與圖1）。

表1　彰濱工業區開發報導的分佈狀況

年代 ＼ 媒介類型	建制媒介	居中媒介	另類媒介	總計
76	14	1	11	26
77	2	0	0	2
78	1	1	1	3
79	56	21	45	122
80	5	0	2	7
81	4	0	1	5
總計	82	23	60	165

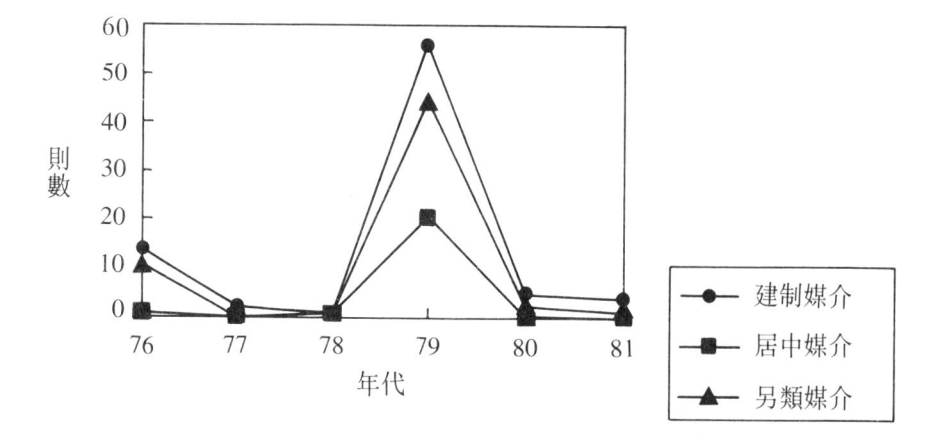

圖1　彰濱工業區開發報導的分佈圖

　　建制媒介對彰濱工業區的報導一開始就較其他兩類媒介積極，雖然期間（77與78）曾減緩，不過在研究範圍的議題生命週期中，建制媒介始終處於較強勢的地位，對彰濱工業區開發的報導則數多過其他媒介，這點發現與國外的意見領袖媒介的研究（Reese & Danielian, 1989; Noelle-Neumann & Mathes, 1987）相似，亦即建制媒介先報導後其他類型媒介也加入，產生所謂的共鳴效果(consonance effect)。

　　由上述的討論發現，官方議題——彰濱工業區開發在媒介體系間的流動確實存有從建制媒介流向另類媒介的現象。雖然在這個議題流動上，居中媒介並沒有扮演催化另類媒介加入報導的功能（因居中媒介「中時」是最晚才報導），然而報導則數的分佈與報導的先後順序資料說明：官方議題（彰濱工業區開發）的傳散方式是由建制媒介流向另類媒介。

（二）公眾議題——黑名單開放

　　黑名單開放的研究時間是從解嚴（76年7月15日）至民國81年底，然而早在解嚴之前就有相關的報導出現，只是不是以「黑名單」稱之，而是稱之為異議人士。直到76年8月「民眾」的學者專欄以「黑名單」界定異議人士，同月「自晚」跟進，10月時「中時」也加入，最後才以「黑名單」界定異議人士的則是「聯合」與「中央」。

　　研究期間相關報導持續不斷，78年更是黑名單開放議題的尖峰期，相關報導累積到最高點。雖然79年趨於減緩，不過在80年時又有第二波高峰出現。在整個相關報導中，「民眾」與「自晚」除了是最先以「黑名單」界定異議人士外，在研究時間內所報導的則數也多於三家報紙；而「中時」（居中媒介）在初期（76與77）階段的報導則數則多於「中央」與「聯合」。由此看來，不同報紙對黑名單開放的報導確實有先後順序的差別。

　　進一步依媒介類型分析，另類媒介（「民眾」與「自晚」）除了最先

界定黑名單外，整個研究時間的報導則數也明顯多於建制媒介（「中央」
與「聯合」）。居中媒介（「中時」）則在初期發揮催化功能，報導則數多
於建制媒介的「中央」與「聯合」；不過隨著時間的增加，建制媒介的報
導則數則開始多於居中媒介（參見表2與圖2）。

表2　黑名單開放報導的分佈狀況

媒介類型 年代	建制媒介	居中媒介	另類媒介	總計
76	9	18	61	88
77	92	98	244	434
78	183	98	347	628
79	33	28	150	211
80	88	56	272	416
81	58	38	127	223
總計	463	336	1201	2000

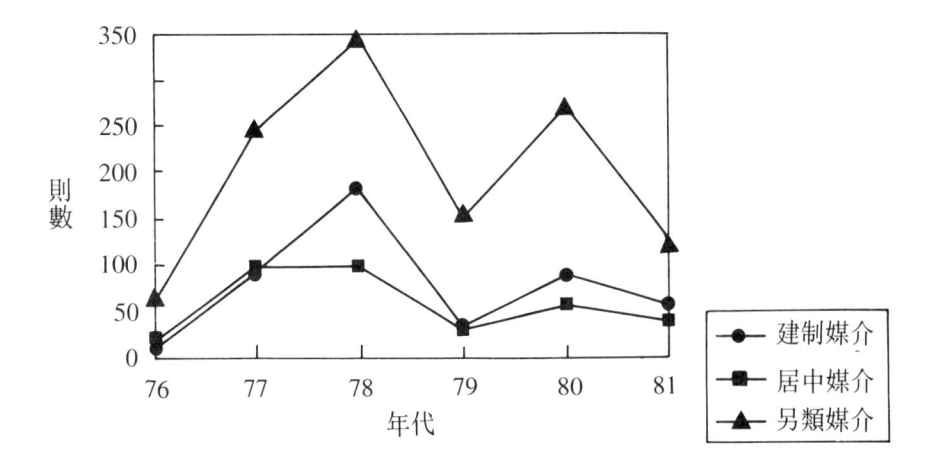

圖2　黑名單開放報導的分佈圖

　　從圖2的分佈來看，黑名單開放議題在76到77年間另類媒介的報導最多，居中媒介則扮演催化角色，報導則數多於建制媒介。而後的研究範圍內，各類型媒介均有報導，不過整體而言以另類媒介報導的則數最多。

　　由上述的討論，我們發現公眾議題——黑名單開放在媒介體系間的流動確實存有從另類媒介流向建制媒介的現象，而且居中媒介扮演催化建制媒介加入報導的功能。這項研究資料與Mathes & Pfetsch(1991）研究西德三個反對議題的研究結果相同。顯示公眾議題（黑名單開放）的傳散方式是由另類媒介流向建制媒介。

二、媒介體系如何處理不同性質之議題

　　媒介對議題處理方式的資料包含：對不同議題的側重面向及報導態度而言。

（一）不同議題的側重面向

1. 官方議題——彰濱工業區開發

　　五家報紙對彰濱工業區的報導均以「開發及規劃」這個面向居多，而中央日報對「經濟發展」的著墨也不少，聯合報、中國時報與自立晚報則除了「經濟發展」外較偏重「生態環境」，與民眾日報較偏重「養殖戶生計」有所不同。此外，五家報紙中以民眾日報較能均衡報導、兼顧各面向。

　　若就不同類型媒介之報導則發現，不管何種類型的媒介均較偏重「開發及規劃」這個面向，對於「養殖戶生計」的報導較少。而以此檢驗二者的關聯性，也可發現媒介類型與彰濱工業區開發這個議題面向上並沒有顯著關聯。亦即，不同類型媒介對「彰濱」面向的處理，並不會有太

大的差異（參見表3）。

表3　媒介對彰濱工業區開發議題面向的處理

媒介類型	建制媒介		居中媒介		另類媒介	
議題面向	N	%	N	%	N	%
經濟發展	11	13.4	3	13.0	6	10.0
養殖戶生計	8	9.8	0	0.0	13	21.7
生態環境	14	17.1	5	21.8	17	28.3
開發及規劃	45	54.8	12	52.2	22	36.7
其他	4	4.9	3	13.0	2	3.3
總計	82	100.0	23	100.0	60	100.0

(X^2=15.10535，d.f.=8，p>.05不顯著)

　　但進一步分析各面向報導的先後順序發現，除了養殖戶生計面向的報導是由另類媒介流向建制媒介外，其餘面向的報導則是由建制媒介流向另類媒介。顯見雖然整體而言，不同類型媒介對「彰濱」面向的處理並無太大差異，但是媒介仍可運用對各面向報導的先後順序來顯示對議題的「側重」面向。

2.公眾議題——黑名單開放

　　五家報紙對黑名單開放議題的報導均以「個案描述」這個面向居多，中央日報以「國家安全」居次、聯合報為「政治改革」、中國時報則是「法律層面」，至於民眾日報與自立晚報則是以「基本人權」居次。

　　若就不同類型媒介之報導發現，不管是何種類型的媒介對「個案描述」報導較多。除此之外，建制媒介對「法律層面」、「國家安全」的報導也不少，居中媒介以「法律層面」、「基本人權」居次，另類媒介則對

「基本人權」的報導頗多，僅次「個案描述」。 而以此檢驗二者的關係則發現顯著關聯，亦即不同類型的媒介對黑名單面向的處理有顯著差異（見表4）。

表4　媒介對黑名單開放議題面向的處理

媒介類型	建制媒介		居中媒介		另類媒介	
議題面向	N	%	N	%	N	%
國家安全	61	13.2	13	3.9	17	1.4
基本人權	14	3.0	46	13.7	219	18.2
個案描述	222	48.0	158	47.0	619	51.5
政治改革	58	12.5	30	8.9	91	7.6
法津層面	71	15.3	59	17.5	157	13.1
黑名單現狀	25	5.4	21	6.3	73	6.1
其他	12	2.6	9	2.7	25	2.1
總計	463	100.0	336	100.0	1201	100.0

(X^2=173.16472, d.f.=12, p<.001)

此外進一步分析報導的先後順序發現，國家安全面向由建制媒介流向另類媒介，其餘面向由另類媒介流向建制媒介的事實，也說明不同類型媒介對黑名單議題面向的處理確有不同的側重面向。

（二）不同議題的報導態度

從表5與表6來看，不同類型媒介對「彰濱工業區開發」的報導態度並沒有顯著差異(X^2=1.01837, d.f.=2, p>.05)，多為「中立」；另一議題「黑名單開放」的資料則顯示，不同類型媒介對黑名單開放的報導態度有顯

著差異(X^2=71.40174, d.f.=4, p<.001)。

表5　不同類型媒介對彰濱工業區開發議題的報導態度

媒介類型	建制媒介		居中媒介		另類媒介	
報導態度	N	%	N	%	N	%
正面	1	1.2	0	0.0	0	0.0
負面	81	98.8	23	100.0	60	100.0
總計	82	100.0	23	100.0	60	100.0

(X^2=1.01837，d.f.=2，p>.05，不顯著)

表6　不同類型媒介對黑名單開放議題的報導態度

媒介類型	建制媒介		居中媒介		另類媒介	
報導態度	N	%	N	%	N	%
正面	11	2.4	22	6.5	158	13.2
負面	7	1.5	0	0.0	0	0.0
中立	445	96.1	314	93.5	1043	96.8
總計	463	100.0	23	100.0	60	100.0

(X^2=71.40174，d.f.=4，p<.001)

進一步檢驗各類型媒介得知，建制媒介對「彰濱」與「黑名單」二議題之報導態度並無不同 (X^2=1.71414, d.f.=2, p>.05)，居中媒介也是 (X^2=0.66795, d.f.=1, p>.05)，但另類媒介對這二議題的報導態度則有不同 (X^2=7.86368, d.f.=1, p<.01)，對「彰濱」(官方議題) 持中立立場，對「黑名單」(公眾議題) 除中立態度外也兼有正面評價。

陸、 討論

本研究從媒介對不同政策性議題的建構過程，探討不同類型媒介對不同議題的處理，進而驗證不同議題在媒介體系間的建構能力。在理論架構及實踐層面上有以下幾點值得加以討論：

一、研究結果證明：官方議題（彰濱工業區開發）由建制媒介流向另類媒介，公眾議題（黑名單開放）由另類媒介流向建制媒介；同時不同類型媒介對不同議題有不同的側重面向。雖然不同類型媒介不見得會對不同議題採不同的報導態度，但只要所側重的議題面向不同，就已足夠表達媒介的立場，再次證實媒介的意識型態會影響媒介內容的呈現。

二、本研究以「彰濱工業區開發」與「黑名單開放」二個議題來探究不同議題的建構能力，雖然所得結果初步證實：不同議題在媒介體系間有不同的流動方向及不同的側重面向。不過相關的實證研究卻不多見，仍待未來研究補強。因此未來研究可朝下列方向進行：

1.除了以議題發起者的不同來區分外，為瞭解媒介是否本著中立的態度立場來報導議題，可以媒介所發起的議題與其他議題做比較，更能瞭解媒介是否能公正無私的將事實告知大眾。

2.本研究是以媒介主動建構議題的角度來探討不同議題的建構能力，然而在議題建構過程中除媒介主動參與外，消息來源也是不可忽略的因素。以往的研究多以單一議題來分析，今後的研究可以二個或多個議題的消息來源與媒介的互動來分析,則將更能明瞭議題建構的全貌。

受限於研究時間及能力，在不同議題的側重面向上，本研究只發現不同類型媒介在不同議題、不同側重面向上的分佈。但就同一面向而言，不同類型媒介所宣稱的「質」可能有所不同。以「黑名單開放」議題的國家安全面向為例，建制與另類媒介都強調國家安全時，前者可能是認

為開放會為害國家安全；後者可能持相反意見。因而未來研究必須對各
個面向的「質」加以分析，才能更周延。

參考書目

中文部分

呂桂華(1990) 〈大眾傳播媒體在公共政策制定過程中角色功能研究——以臺電核四廠政策爭論之個案研究〉，文化新聞所碩士論文。

胡愛玲(1990) 〈報紙報導街頭運動新聞之分析〉，政大新聞所碩士論文。

翁秀琪(1991) 〈傳播內容與社會價值變遷——以報紙對勞工運動的報導為例〉，行政院國科會專題報告。

許傳陽(1992) 〈大眾傳播媒介與社會運動：一個議題傳散模式的初探——以宜蘭反六輕設廠運動之新聞報導為例〉，政大新聞所碩士論文。

陳秀鳳(1990) 〈我國主要報紙對政治衝突事件報導初探——以中央、中時、自晚有關民主進步黨街頭運動報導的內容分析〉，輔大大傳所碩士論文。

陳雪雲(1991) 〈我國新聞媒體建構社會現實之研究——以社會運動報導為例〉，政大新聞所博士論文。

陳素玲(1991) 〈大眾傳播媒介對重大自立救濟事件報導之內容分析〉，文化新聞所碩士論文。

黃丕鶴(1990) 〈我國主要報紙有關民進黨報導的比較分析〉，政大新聞所碩士論文。

楊淑智(1989) 〈報紙社論有關公共政策議題的比較分析——以中國時報、中央日報為例〉，文化新聞所碩士論文。

游其昌(1987) 〈報紙對社會衝突報導的研究——以杜邦事件為例〉，輔大大傳所碩士論文。

熊傳慧(1985) 〈報紙報導環境問題的內容分析——1960～1982〉，輔仁大傳所碩士論文。

鄭瑞城(1991) 〈從消息來源途徑詮釋近用媒介權：臺灣的驗證〉，新聞
　　學研究 45: 39–45。

蘇　蘅(1986) 〈媒介報導衝突事件的角色分析——以報紙報導核四廠
　　興建的爭議為例〉，新聞學研究，36: 251–285。

英文部分

Cobb, R., J. K. Ross and M. H. Ross (1976) "Agenda Building as A
　　Comparative Political Process" in the *American Political Sci-
　　ence Review*, Vol.70: 126–138.

Cook, F. M. and W. G. Skogan (1990) "Government and Divergent
　　Voice Model of the Rise and Fall of Policy Issue" in D. L.
　　Protess and M. McCombs (eds.), *Agenda Setting: Readings on
　　Media, Public Opinion and Policymaking* Hillsdale, New Jersey:
　　LEA.

Daielian, L. D. and S. Resse (1980) "News Source and Theme in the
　　Elite Press: Interumedia Agenda-Setting and the Cocaine Issue"
　　paper presented *Conference of the International Communication
　　Association* (MAY), San Francisco.

Donohue, T. R. and T. L. Glasser (1978) "Homogeneity in Coverage of
　　Connecticut Newspapers" in *Journalism Quarterly*, Vol.55: 592
　　–596.

Gurivitch, M. and J. G. Blumler (1987) "Linkages Between the Mass
　　Media and Politics: A model for the Analysis of Political Com-
　　munication System" in *Mass Communication and Society*, Lon-
　　don: Open University Press: 270–290.

James Curran, Michael G. and J. Woollacott (1982) "The Study of the
　　Media: theoretical approaches" in *Culture, Society and the Media*.

London & New York: Methuen.

Manheim, J. B. (1986) (A Model of Agenda Dynamics) in *Communication Yearbook*, Vol.10: 499–516.

Mathes, R. and S. Dahlem (1989) "Campaign Issues in Political Strategies and Press Coverage: the Rental Law Conflict in the 1982 –1983 Election Campaign in the Federal Republic of Germany" in *Political Communication and Persuation*, Vol.6: 33–48.

Mathes, R. and C. Rudolph (1991) "Who Sets the Agenda? Party and Media Influence Shaping the Campaign Agenda in Germany" in *Political Communication and Persuation*, Vol.8: 183–199.

Mathes, R. and B. Pfetsch (1991) "The Role of Alternative Press in the Agemda- Building Process:Spill-Over Effects and Media Opinion Leadership" in *European Journal of Communication*, Vol.6: 33–62.

Meyers, Renee A. (1992) "Public Issues, Agenda-Setting and Argument: A Theoretical Perspective" in *Communication Yearbook*, Vol.15: 397–409.

Molotch, H. L., D. L. Protess and M. T. Fordon (1987) "The Media Policy Connection: Ecologies of News" in D. Paletz (eds.) *Political Communication Research*: 26–48.

Morley, D. (1981) "Industries Conflict and the Mass Media" in S.Cohen and J. Young (eds.) *The Manufacture of News:Social Problem, Deviance and the Mass Media*, Beverly Hills, CaSage: 362–392.

Noelle-Neumann, E. and R. Mathes (1987) "The 'Event as Event' and the 'Event as News' : the Significance of Consonance for Media Effects Research" in *European Journal of Communication*, Vol.2:

391–414.

Pohoryles, Ronald (1987) "What Power the Media? The Influence of the Media in Public Affairs:An Austrian Case Study" in *Media,Culture and Society*, Vol.9 (2): 209–236.

Reese, S. D. (1990) "Setting the Media Agenda: A Power Balance Perspective" in *Communication Yearbook*, Vol.14: 309–340.

Rogers, E. M. and J. W. Dearing (1980) "Agenda-Setting Research: Where Has It Been, Where Is It Going?" in *Communication Yearbook*, Vol.11: 555–594.

Schudson, M. (1989) "The Sociology of News Production " in *Media Culture and Society*, Vol.11: 263–282.

Shoemaker, P. J. and S. D. Reese (1991) *Mediating the Message— Theories of Influencies on Mass Media Content*, New York & London: Longman.

Sparks, C. (1992) "The Press, the Market and Democracy" in *Journal of Communication*, Vol.42: 36–51.

Strodthoff, G., R. O. Hawkins and A.C.Schoenfeld (1985) "Media Role in Social Movements: A Model of Ideology Diffusion" *Journal of Communication*, Vol.35 (2): 134–153.

Tuchman, G. (1997) "The Newspaper as a Social Movement's Resource" in G. Tuchman, A. K. Daniels and J. Benet (eds.) *Home and Hearth:Images of Woman in the Media*, N. Y.: Oxford University Press: 186–215.

Weaver, D. H. (1982) "Media Agenda-Setting and Media Manipulation" in *Mass Communication Review Yearbook*, Vol.3: 537–554.

Weiss, Hans-Jurgen (1991) "Public Issue and Arguementation Struc-

tures: An Approach to the Study of the Contents of Media Agenda
-Setting" in *Communication Yearbook*, Vol.15: 374–396.

登錄表

一、基本資料

（一）新聞編號：＿＿／＿＿／＿＿／＿＿／＿＿。　　　(C1–C5)

（二）標題：＿＿＿＿＿＿＿＿＿＿＿＿＿＿＿＿＿＿＿

　　　　　＿＿＿＿＿＿＿＿＿＿＿＿＿＿＿＿＿＿＿

（三）刊載日期：＿＿／＿＿／＿＿／＿＿／＿＿／＿＿。　(C6–C11)

（四）報導方式：　　　　　　　　　　　　　　　　(C12)

　　　（　）1.新聞　2.特寫　3.社論　4.專欄及短評　5.其他。

二、中介變項

（一）議題類型：　　　　　　　　　　　　　　　　(C14)

　　　（　）1.官方議題：彰濱工業區開發

　　　　　　2.公眾議題：黑名單開放

三、自變項

（一）報別：　　　　　　　　　　　　　　　　　　(C16)

　　　（　）1.中央日報　2.聯合報　3.中國時報

　　　　　　4.民眾日報　5.自立晚報

（二）媒介類型：　　　　　　　　　　　　　　　　(C17)

　　　（　）1.建制媒介：中央日報與聯合報

　　　　　　2.居中媒介：中國時報

　　　　　　3.另類媒介：民眾日報與自立晚報

四、應變項

（一）議題面向

　　　＃官方議題——彰濱工業區開發　　　　　　　(C19)

　　　（　）1.經濟發展

　　　　　　2.養殖戶生計

　　　　　　3.生態環境

4.開發及規劃

5.其他

＃公眾議題—— 黑名單開放 (C20)

（　　）1.國家安全

2.基本人權

3.個案描述

4.政治改革

5.法律層面

6.黑名單現狀

7.其他

（二）讀完本則報導後之整體印象： (C21)

（　　）1.正面

2.負面

3.中立

第四章 從消息來源途徑探討議題建構過程
——以核四爭議為例 ❶

楊韶彧

---

❶ 本章改寫自作者民國82年的同名碩士論文。

壹、研究動機與問題

大眾媒介是民眾賴以形成意見、認知政治環境的重要架構，因此，如何掌握媒介，以進一步塑造民意，是政治行動者所必須爭取的資源。

掌握媒介，目的在於控制媒介內容的產出，以取得界定議題的發言權，而掌握媒介有三種層次（鄭瑞城，民80）：

一、從所有權結構上掌控：臺灣的大眾媒體，特別是廣電媒體，所有權結構上偏向社會優勢階層，也由於這種結構上的偏向，導致媒介內容無法完整納入大多數人民的心聲，政治壟斷媒體資源的結果，造成其他政治行動者紛紛另闢媒體論域，例如近幾年來地下廣播電臺林立，或從衛星頻道及有線電視中建立自己的意見通路。

二、從媒介工作者掌控：包括從人事的招募、晉升等方式，來控制媒介產出。

三、從媒介內容來掌控：透過媒介運作實務也會影響媒介內容，特別是對社會運動者而言，由於結構上屬於資源較弱勢的一群，因此較無法從前二個方式掌控媒體，只能藉媒體運作的邏輯，以形成媒體策略，與其他消息來源競逐於媒介論域。

本研究即在於探討不同消息來源與不同媒介的互動關係，主要探討問題為：

一、哪些消息來源有較多的機會來界定議題？

　　—探討消息來源背景與其近用媒介機會的關係。

　　—探討消息來源之媒體策略的具體程度與其媒介近用機會的關係。

二、媒介立場與消息來源建構議題的關係如何？

針對這些問題，本研究選擇核四爭議的議題，以嘗試分析十數年來

消息來源的動態變化及媒介議題的消長關係。

　　本研究以報紙對核四議題的新聞報導為研究對象，報紙的選取依其經營型態與立場，選取中央日報、中國時報及自立晚報三家。在抽樣上，由於核四議題長達十數年，在研究資源的限制下，無法將十數年的報導全部抽樣研究，為求研究樣本具有代表性，乃以等距抽樣法抽樣，首先隨機抽取樣本年，然後等距抽取樣本月、樣本週及樣本日，結果共得163個研究樣本。

貳、核四爭議的社會現實分析

　　核四建廠爭議自民國63年臺電開始規劃起，至81年已歷經了十餘年，在這十餘年中核四議題的發展有著相當明顯的階段性特色，茲將核四議題發展分為四個階段,來說明議題週期中不同階段的核四爭議特色。此四階段的時間劃分如下：

　　（一）官方主導期：民國69.4.24～73.12.18

　　（二）抗爭初動期：民國73.12.19～76.10.31

　　（三）抗爭集結期：民國76.11.1～81.6.2

　　（四）核四解凍期：民國81.6.3～81.12.31

以下分別說明不同時期中核四爭議的特色。

一、官方主導期：民國69.4.24～73.12.18

　　臺電對核四的規劃，正式的決策開始於民國79年4月，本研究即以此做為核四議題研究的起點。

　　從這個時間起到民國73年以前，臺灣反核的聲音是屬於潛伏的狀態，主導核四議題的行動者均為官方機構，包括臺電、原委會、經濟部（主要為能源委員會及國營會）及經建會等。

　　而這段時期核四議題的重點為：核四預算、廠址土地取得、發電機採購等。在這段時間內，除了少數學者及少數民意代表，曾經發言主張審慎進行核能發電的擴張，以及懷疑核能發電的積極效能之外，社會上對於核能發電的看法，大多以為是經濟發展的另一種計劃與投資（張茂桂，民78: 192）。

　　到了73年以後，有關應否興建核四的問題逐漸浮現，至73年12月反核的聲音才逐漸興起。

二、抗爭初動期：民國73.12.19～76.10.31

　　在73年以後逐漸有反核聲音的質疑，73年12月是反核運動興起壯大的一個轉捩點（李亦園，民76；張茂桂，民78；彭倩文，民76）。本研究即以73年12月19日，多位監委要求政府立即檢討增建核四的必要性，主張由監察院成立專案小組深入調查核四預算及人為的問題，以此事件做為核四議題第二階段的起點。

　　此後漸起反對聲音，這股反核聲浪到了74年5月2日達到第一次高峰，是日，行政院在各界質疑下，決定暫緩興建核四。

　　到了76年反核運動更為蓬勃，貢寮鄉民於4月和5月發動示威遊行，這兩次遊行將反核運動提昇到行動層次。同年7月解嚴，代表了政治禁忌的開放，反核聲浪更為強大（高朗，民80: 315）。

　　此一時期的行動者除了貢寮當地居民組織（主要是鄉民代表會）之外，其餘的人在社會上大多屬於「知識的」、「技術的」、「官僚的」及「都市的」，換言之，是對文字、語言運用得法的某一特殊階層。這反映了一個特殊的核四現象，就是像核電如此複雜、高科技的議題，似乎必需要某種程度的語言與文字表達能力（張茂桂，民78: 193）。

三、抗爭集結期：民國76.11.1～81.6.2

　　本階段以臺灣環境保護聯盟（以下簡稱環保聯盟）在民國76年11月
1日的成立時間為起點，至81年6月2日核四預算解凍前夕為止，為核四
議題週期的第三階段「抗爭集結期」。

　　這一個階段具有以下幾項特色：

　1.集結許多抗爭力量，形成較組織化的動員力量，其中尤以環保聯
盟扮演反核勢力的龍頭角色。

　　這時期所集結的力量除了早期貢寮居民及學者之外，在環保聯盟成
立後，還串聯了全省許多環保團體、婦女團體、教會、人權團體、醫界
及學生等許多勢力，形成龐大的抗爭行動網絡。

　　2.反核意見由初始行動者擴張至更多團體後，使核四議題進入
Cobb, Ross and Ross (1976)所謂議題建構的「擴張期」， 由於議題擴散
及更多的公眾，將使反核意見更容易得到政府的重視與回應。因此，伴
隨議題擴散的另一項特色，就是政府對反核意見會有更周詳的溝通策
略。

　　這一點可以從臺電對外界溝通策略的改變來瞭解。早在74年5月時，
臺電、國營會和原委會共同組成「核四溝通小組」，但該小組有名無實，
溝通處於停頓狀態（高朗，民80: 315）。直到76年10月臺電重組「核四
溝通小組」，至78年2月臺電更在「核四溝通小組」增設「對內溝通小
組」，同時並新成立「公眾服務處」，將原本以用電服務為主的公關工作
加以擴編，成為層級更高的對外（包括公眾、媒體及民代）公關單位，
這個部門的成立代表臺電對外界溝通政策的一個重大結構性改變。

　　3.地方政府與中央政府的對峙，提升反核抗爭層次。

四、核四解凍期：民國81.6.3～81.12.31

　　本階段從81.6.3核四預算在立法院預算委員會解凍起，至本研究終
止點為止。這個階段的核四議題有幾項特色：

1.議題的行動者的互動減少。例如反核人士的反核行動減少；而臺電則解散「核四溝通小組」，專心於核四廠設備招標工程。

2.媒介報導量驟減。

3.反核運動的重心從街頭運動轉變為以國會抗爭為主。

由於核四預算是逐年編列，每年立法院總預算審查時都可能遭遇凍結核四經費的提案，而凍結預算是阻止核四建廠最有效的手段，因此國會的抗爭成為這個時期的主戰場。

參、 文獻探討

一、 媒介議題建構的理論背景

媒介建構社會現實的理論可分為兩大派別，即多元主義典範和馬克思主義典範 (陳雪雲，民80：13)。 這兩大典範對於社會權力及媒介角色有相當歧異的看法(Rogers, 1982: 130; Rosengren, 1983: 189)，根據這兩大傳統對於「消息來源－媒介」關係的歧異觀點，可以把消息來源做為基點，將媒介議題建構的理論區分成兩種模式，即操縱模式 (manipulative model) 及市場模式 (market or commerical model) (Cohen and Young, 1981: 13–14)。

（一） 操縱模式

在操縱模式中，統治階級是媒介的消息來源，媒介被當作一種工具，用以宣傳當權者所認可的價值，因此又可稱為宣傳模式 (propaganda model) (Schlesinger, 1989, 1991)，其中關於媒介與消息來源的研究，主要以Hall為代表。

Hall 的基本論點是，新聞產製的時間壓力，使媒介增加對新聞來源

的依賴；並且媒體報導須遵循平衡客觀的原則，亦使媒體易根據「可信賴」的來源做客觀的陳述。由於這二個新聞產製的特性，使得媒介對於當權者的意見有結構性偏好，造成有權力及有特權的機構過度接近使用媒介的情況。媒體傾向於接受這些權威來源對社會現實的定義，這些權威來源就成為「初級界定者」。初級界定者建立了對該論題的初級詮釋，隨即掌控了整個論域，即使之後有任何反對的意見，也必須先從這個詮釋架構出發(Hall, et al., 1981: 340–342)。

（二） 市場模式

在市場模式中，有許多論點與操縱模式背道而馳。Schlesinger (1990)則以「新聞的實證社會學」(empirical sociology of journalism)來總稱這方面的消息來源研究。他認為，官方的確在界定和形塑媒介議題上扮演了很重要的角色，不過，雖然官方消息來源有很大的影響力，但有兩種原因使其力量減弱，一是官方陣營之中的分化和多元，會使官方有另外的反對聲音出現，第二，非官方消息來源（特別是利益團體）也具有很大的功能，他們一方面可以成為研究機構，能夠指出官方政策缺乏一致性或推託了事；另方面，利益團體對於政府政策的不公平的反應，也可以做為新聞平衡報導的另一方。

二、 哪些消息來源有較多的機會來界定議題？

關於「哪些消息來源有較多的機會來界定問題」這個問題，以下從兩方面來探討： 1.消息來源的背景與其媒介近用機會的關係， 2.消息來源的媒體策略與其媒介近用機會的關係。

（一） 消息來源背景與其媒介近用機會的關係

關於消息來源的背景分佈問題，在國外的實證研究中不乏證據顯示，

政府單位比非政府消息來源有較多的媒介近用機會 (Berkowitz, 1987; Brown, et al., 1987; Gans, 1979; Sigal, 1973)。

國內有關消息來源的研究，根據鄭瑞城（民80：49）的歸納，結果如下：

1.就一般事件而言，消息來源人物的背景愈有利者（如政府官員、專家學者、國民黨籍等者），近用媒介的機率愈大；同時其受到媒介的處理的顯著性也顯著高於背景不利者（如農、漁牧、工人等）。

2.就特殊事件（街頭運動、黨外運動）而言，未涉事第三者（專家學者、一般民眾）近用媒介機率最大、次為處理者、行動者最小；但第三者受到媒介處理的顯著性低於處理者與行動者，後兩者之間則無顯著差異。

3.就特殊事件而言，隨年代之轉移（比較解嚴前後）， 背景不同的消息來源人物近用媒介的差異漸小；同時，其受到處理的顯著性之差異亦漸趨不顯著。

因此本研究亦沿用此種區分方式，以界定者、抗爭者及第三者來分析消息來源的背景。由於本研究議題週期歷經十二年餘，橫跨解嚴前後，因此考慮在不同時期中消息來源近用媒介的結構性變化，本研究以第一、二階段（民國69.4.24～76.10.31）和第三、四階段（民國76.11.1～81.12.31）來分析解嚴（民國76.7.15）前後的變化。

（二）消息來源的媒體策略與其媒介近用機會的關係

在消息來源與媒體的互動過程中，不同的消息來源為了要與其他消息來源競爭，以贏得媒介的注意和報導，取得事件的發言權，自然會發展出媒體策略。在媒體策略的規劃上，用語必須清晰、具體，並且符合媒體報導所偏好的新聞價值，並且突顯事件(event)比突顯議題(issue)更容易引起媒體報導(Anderson, 1991; Patterson, 1980; Tuchman, 1977)。

　　本研究擬從訊息策略和行動策略這兩方面，探討消息來源的媒介策略與其近用媒介的關係。

　　1. 消息來源的訊息策略

　　在訊息內容上則可以看出，不同消息來源如何詮釋社會問題，以及用什麼方式來建構意義。本研究嘗試從三方面來探討消息來源的訊息策略，即(1)其宣稱態度；(2)所著重之議題面向；(3)訊息的論證方式等三方面來討論。

　　(1)宣稱態度

　　消息來源對議題的態度是其宣稱的基本訊息，代表消息來源對議題的定義和框架。因此，消息來源對議題的宣稱態度亦可視為其媒體策略的一環。

　　(2)訊息所著重之議題面向

　　蘇蘅（民75: 269–274）分析聯合報對核四的報導內容，發現不同的消息來源對於核四有不同側重面向，且隨議題生命週期的變化，其訊息策略亦有所改變。研究結果發現，主管機關與反核者關心的重點不同，主管機關特別強調經濟效益等面向；而反核者卻強調安全維護等論題。此外，主管機關在民國72年前後的宣傳重點迥然不同，72年以前強調預算的合理性等，但72年以後卻把安全維護列為第一優先。

　　(3)訊息的論證方式

　　消息來源如何說理以加強其訊息的合理性基礎，也是其訊息策略的一個重點。行動者必須有效地創造意義，建構公眾對事件、政策及危機的信念，才能對既存的社會問題取得合理化的地位 (Eddleman, 1988:

103)。在此，可由Weaver (1985)的論證方式來探討。

　　Weaver (1985: 58)認為，論證的方式是一種詮釋現實的方法，當說話者使用特定的論證時，他不僅期望聽者能跟隨其所使用的說理方式，更進一步希望聽者能認同其特定的世界觀。這些論證方式可依其道德價值程度而排列成以下優先順序(pp.59-61)：

　　a.定理(Genus and Definition)

　　這是一種已為公眾廣為接受的論證形式，例如我們毋須定義搶劫是一種犯罪，因為事實上大家都會認為「搶劫是一種犯罪」。

　　b.類比(Similitude)

　　此種論證形式重視「關係」的說明，亦即指出某一事物與另一事物有重要的相似或相異點。例如「酒精與大麻是相似的，則酒精已合法化，那麼大麻也應該可以合法化」。

　　c.因果關係(Cause and Effect)

　　這種論證方式乃是以因果關係去解釋真實，企圖去預測某一特定行動的結果，而以這個預期的結果來決定是否該從事這個行動。例如：搶劫將使人坐牢數年，所以不應該搶劫。

　　d.權威與證明(Authority and Testimony)

　　前述三項論證方式是屬於內在的解釋事實的方法，而權威與證明則屬外在的解釋方法，這種論證的力量是來自外在見證者的能力或可信度，著重外在證據的說明，或是某受尊敬之人對事實的看法做為論證的基礎。例如我們欲論證偷竊是不對的，而引用《聖經》說：「偷竊是不對的」，其中《聖經》即是此論證的權威與證據。

e.修辭與歷史的(Rhetorical-Historical)

這是一種混合式的論證方式，包括定理、類比及歷史情境的推論。例如，我們可對搶劫者說明搶劫在法律是犯罪的行為，從以往法庭的審判紀錄顯示搶劫者皆坐牢，所以他也會坐牢。

2.消息來源的行動策略

消息來源的行動策略乃指消息來源為了吸引媒介報導而有的動作，也就是製造媒介事件。媒介事件的概念是沿自「假事件」(pseudo event)而來。最早是由Boorstin(1961)提出，他將假事件定義為：「經過設計而刻意製造出來的新聞；如果不經過設計，則可能不會發生的事件。」因此，舉凡記者招待會、大廈剪綵、示威遊行，乃至於電視上的候選人辯論都是「假事件」(李金銓，1989)。

失序的抗爭行為是抗議團體常使用的一種媒介事件，但是採取失序的抗爭行為要付出巨大的代價。除了可能受傷或被逮捕之外，這種行為的報導也常常是相當負面的，而被媒體貼上各種不利的標籤 (Murdock, 1981; Shoemaker, 1984；陳雪雲，民80)。 媒介常引述當權者對於抗爭行動的定義，而將這些行為標籤為非法的，常強調這些抗爭行為是由外來的陰謀者所煽動，是少數人的偏差，透過這種詮譯，當權者便將「議題」轉化成活動的形式——即暴力的形式(Morley, 1981)。抗議團體也常被處理成一群瘋狂的、或荒謬的人(Wolfsfeld, 1991: 9)。

三、 媒介立場與消息來源建構議題的關係為何？

由於消息來源建構議題的企圖還必須經過媒介的守門過程，因此探討媒介的主動性亦屬重要。從媒介對議題的處理，可以看出媒介與不同的消息來源之間是否存有特殊近用通道的關係? 媒介做為「初級界定者」

的角色是否亦有很大的紛歧?

關於媒介的經營型態影響不同議題結構的情形,在選舉時可以特別彰顯這種情形。Mathes and Rudoplh(1991)研究西德1987年的選舉活動,結果發現(190–193)在實質議題上,政黨議題與媒介通道就有很明顯的關係。

另外,Mathes and Dahlem(1989) 研究 1982 Hamburg 及 1983 Bundestag 兩次西德的選舉中,探討媒介對於「租貸法」議題不同面向的報導情形。結果發現不同媒介立場對議題有不同的著重點,左派媒體較會報導不利於執政黨的「租貸法」; 保守派媒體則強調「租貸謊言」此一不利於在野黨的面向。

在國內的研究中,呂桂華 (民79) 研究不同媒介立場對核四的報導,發現以下研究結果:

1.媒介立場的確影響其對議題的處理,不同的媒介所強調的議題面向有所不同。

2.媒介立場影響其對議題的處理態度。在有利核四的處理上,四報依序是中央、聯合、中時、自晚;在不利核四上,四報依序是自晚、中時、聯合、中央。

肆、 研究結果

本研究從消息來源途徑探討媒介議題的建構過程,研究的焦點有二個:一是從消息來源的背景及其接近使用媒介的媒體策略,來分析消息來源對議題的影響力;二是媒介與消息來源互動過程中的主動性,這點從媒介對議題的「處理態度」和「著重面向」上可以看出來。以下將提出重要的研究發現,並進行討論。

一、 有哪些消息來源有較多的機會界定議題

（一）整體而言，出現於媒介的機率以界定者最多，第三者其次，而抗爭者最少。在解嚴前（相當於本研究議題週期的第一、二階段），第三者與界定者出現的機率大於抗爭者，同時其所受到媒介處理的顯著性也高於抗爭者；但隨著年代的改變（比較解嚴前後）， 不同消息來源出現機率的差異漸小，同時其受到媒介處理顯著性差異亦漸小。

表1　不同議題階段的消息來源背景分析

背景 年代	界定者 N　%	抗爭者 N　%	第三者 N　%	無法確認 N　%	合計 N　%	備註
民國69.4.24～ 76.10.31	35(49.3)	0	21(29.6)	15(21.1)	71(100)	X^2=12.984 d.f.=3 p<0.1
民國76.11.1～ 81.12.31	41(44.6)	15(16.3)	21(22.8)	15(16.3)	92(100)	

不同年代、不同背景消息來源受媒介處理顯著性					
年代	消息來源背景	N	S″	SD	F值	顯著度
第一～四階段 （不分年代）	界定者	76	1.00	0.77		
	抗爭者	15	0.67	.90		
	第三者	42	1.17	0.79		
	無法確認者	30	1.10	48	1.7975	p>.05
第一、二階段	界定者	35	0.91	0.78		
	抗爭者	0	.00	.00		
	第三者	21	1.10	.70		（因抗爭者出現 0次，無法計算）
	無法確認者	15	1.07	0.25	0.5554	
第三、四階段	界定者	41	1.07	75		
	抗爭者	15	0.67	.90		
	第三者	21	1.24	0.89		
	無法確認者	15	1.13	0.64	1.6188	p>0.5

這一點結論與以往國內的研究結果大致相同。但值得一提的是，抗爭者在解嚴前都未曾出現過，愈發顯現了核四議題在前二個階段中，議題建構的權力幾無抗爭者的空間，從表1來看，儘管在後二個階段中曾出現15次，但仍比界定者41次及第三者21次少。

那麼第三者和那些無法確認身份的消息來源究竟扮演什麼角色？整體而言，第三者的態度並不具有特別的傾向，而無法確認者則在出現30次中有27次的態度為支持核四，出現的次數比抗爭者出現的總次數15次還多。可見得界定者除了本身有界定議題的優勢之外，還有一些身份不詳的「盟友」為其搖旗吶喊。

（二）本研究發現，不同背景消息來源的媒體策略具體程度有顯著差異，但媒體策略愈具體不一定愈易近用媒介。關於消息來源的媒體策略，本研究有以下幾點發現：

1.消息來源的媒體策略愈具體不一定愈容易近用媒介

從表2來看，其中媒體策略分數出現機率最高的是2分，共出現77次（47.2%），而最高分4分才出現3次（1.8%）（參見表2）。

表2　媒體策略分數分佈狀況

媒體策略分數	N	%
0	5	3.1
1	31	19.0
2	77	47.2
3	47	28.8
4	3	1.8

以上的媒體策略分數是由消息來源的「宣稱態度」、「著重面向」、「論

證方式」及「媒介事件製造」等四項合計而成。由表2來看，最高分4分出現3次，3分出現47次，2分77次，1分31次，0分5次。由此可見0分出現的頻次還比4分較多，因此媒體策略愈具體的消息來源不一定愈易近用媒介。

2.抗爭者的媒體策略比其他背景消息來源更為具體

從表3來看，不同背景消息來源間的媒體策略具體程度有顯著差異(F=3.4949,P<.05)，其中抗爭者的媒體策略分數最高(S″=2.4)，其次為界定者(S″=1.97)，最後是第三者(S″=1.90)（參見表3）。但儘管抗爭者的媒體策略分數最高，但整體而言，出現在媒體的機率卻是最低的。

表3　不同背景消息來源的媒體策略分數

消息來源背景	N	S″	SD	F值	顯著度
界定者	76	1.97	0.74		
抗爭者	15	2.40	0.74		
第三者	42	1.90	0.93		
無法確認者	30	2.07	0.82	3.4949	P<.05

3.不同媒介所呈現的媒體策略具體程度有顯著差異
　(F=3.747, P<.05)

其中以自立晚報最高，中國時報其次，中央日報最低；而自立晚報和中央日報有顯著差異（參見表4）。

表4　不同報紙所呈現的媒體策略分數

報　紙	N	S″	SD	F值	顯著度	Scheffe檢定
中央日報	65	2.18	0.99			中央日報>
中國時報	57	1.84	0.84			自立晚報
自立晚報	52	175	0.93	3.7	p<.05	

二、不同經營型態媒介與消息來源建構議題的關係

（一）不同媒介和不同消息來源之間存有特殊的近用通道關係

不同背景消息來源和不同經營型態媒介間有關聯性（X^2=57.5481，P<.001），從表5來看，最明顯的是抗爭者和自立晚報的關係，在抗爭者出現的15次中，有11次是出現在自立晚報上。

表5　不同報紙之消息來源背景交叉分析

	中央日報		中國時報		自立晚報	
	N	%	N	%	N	%
界定者	22	(35.5)	35	(66.0)	19	(39.6)
抗爭者	2	(3.2)	2	(3.8)	11	(22.9)
第三者	11	(17.7)	15	(28.3)	16	(33.3)
無法確認者	27	(43.5)	1	(1.9)	2	(4.2)
合計	62	(100)	53	(100)	48	(100)

X^2=57.5481, d.f.=6, P<.001

（二） 支持核四的消息來源與中央日報有密切關係

中央日報是三報中，其報導中消息來源支持核四程度最高的，同時也是三報中媒介對議題的處理上支持核四最高的。而耐人尋味的是，中央日報的報導中有高達 27 位無法確認身份的消息來源，這 27 位都是專欄、短評或其他類的作者，而這27位身份不詳的消息來源則全部支持核四（參見表5、表7）。

由此可見，雖然媒介在純新聞報導上須遵守中立原則，但從其他價值較鮮明的報導方式（諸如專欄、短評、徵文比賽等）上，仍可看出該媒體的立場。

（三） 不同媒介對核四議題的處理，因其立場而強調不同的議題面向及處理態度

這可從下列研究發現來看：

1.媒介對核四議題的處理，會因媒介立場不同而強調不同的議題面向

從表 6 來看，不同媒介立場與其著重面向之間有關聯性。中央日報的報導中，以「無著重面向」最多，其次為「安全面向」。 中國時報的報導中，以「政治面向」最多，其次是「科技面向」； 自立晚報的報導中，以「無著重面向」最多，其次是「政治面向」。

從另一角度來看，在「科技面向」中以中國時報最多，「政治面向」以中央日報最少，「安全面向」和「經濟面向」則以中央日報最多，「環境面向」則三報都很少。

表6　不同報紙之著重面向交叉分析

	中央日報		中國時報		自立晚報	
	N	%	N	%	N	%
科技面向	7	(11.3)	12	(22.6)	6	(12.5)
政治面向	7	(11.3)	16	(30.2)	12	(25.0)
經濟面向	13	(21.0)	11	(20.8)	4	(8.3)
環境面向	3	(4.8)	5	(9.4)	5	(10.4)
安全面向	15	(24.2)	3	(5.7)	4	(8.3)
無著重面向	17	(24.7)	6	(11.3)	17	(35.4)
合計	62	(100)	53	(100)	48	(100)

X^2=27.1817,　d.f.=10,　P<.01

2.媒介對核四議題的處理,會因媒介立場不同而有不同
　的處理態度

表7　不同報紙對議題處理態度之交叉分析

	中央日報		中國時報		自立晚報	
	N	%	N	%	N	%
支持核四	27	(43.5)	2	(3.8)	0	(0)
反對核四	0	(0)	0	(0)	0	(0)
無明顯態度	35	(56.5)	51	(96.2)	48	(100)
合計	62	(100)	53	(100)	48	(100)

X^2=45.6310,　d.f.=2,　P<.001

從表7來看,不同媒介與其對議題之處理態度有關聯性。三報的處

理態度最多都落在「無明顯態度」，但在「支持核四」上以中央日報最多，而自立晚報最少；在「反對核四」上則三報皆未出現。

從以上來看，不同媒介對於議題的著重面向及處理態度有不同傾向，儘管「無著重面向」及「無明顯態度」幾乎成為三報出現最多的情況，但是在三報間仍顯著地呈現不同的著重面向及處理態度。顯示了媒體在新聞產製上雖力求客觀、平衡的原則，但仍然對議題有不同的處理方式，顯示媒體也積極地參與議題建構的過程。

伍、 討論

界定者在核四議題中握有如此多的出現機率，除了先天背景地位的有利，並擁有組織和資源的豐富等因素外，也與議題性質及議題發起者的角色相當有關。由於核四議題是我國能源政策的一環，因此一開始便是由官方消息來源主導發起的政策性議題，在整個議題週期中，界定者徹底地有近用媒體的優勢。而抗爭者在第三階段以後的加入，則把議題推往高峰期，除了媒介報導量增加之外，在議題內涵上也因此趨向更多元。

由此可見媒介內容的多元程度確實與議題週期的變化，以及政治環境的鬆動有很大的關係。而消息來源界定議題的機會，也由早期界定者主導的局面，逐漸在後期被抗爭者襲奪了一些權力。

另外，官方消息來源並非完全「口徑一致」，反映了Schlesinger (1990)的一點看法，即官方（或統治集團）中彼此亦存有不同的意見和分裂，「初級界定者」並非是一統的。

本研究結果發現，在界定者當中，由於臺北縣政府在民國78年的改選後，由主張反核的民進黨候選人尤清當選臺北縣長，他並延攬環保聯盟的張國龍教授為其機要秘書，此後在核四議題上逐漸出現中央與地方

對立的情況，在臺北縣政府出現於第三階段的 2 次中，皆持反對態度。從這一點來看，「初級界定者」的概念是反時間的(atemporal)，因為官方消息來源的結構就長期而言會有變遷，某些主控的消息來源在一段時間後，會因權力消長狀況而消失，取而代之的是另一批消息來源(Schlesinger, 1990)。

同時本研究也發現，媒體策略的具體程度並不是消息來源能否近用媒介的主要因素，消息來源的背景仍是較主要的因素。以抗爭者為例，抗爭者的媒體策略分數是最高的，但是在出現於媒介的次數（15次）上卻是最少的。這也凸顯了一點：背景愈不利的消息來源，愈需要強有力的媒體策略，來增加其近用媒介的機會，這印證了 Wolfsfeld (1991)，Shoemaker (1982)，及Morley (1981)等人的看法。也就是背景愈不利的消息來源，愈需要藉著具有新聞價值的行為，來彌補他們因為政治社會地位較低，以及組織資源不足，而無法接近使用媒體的劣勢。

參考書目

中文部分

李亦園、徐正光與張茂桂（民76）《核能電廠與民眾意識：一個社會生態學的研究》，清大人文社會學院。

李金銓（民78）《大眾傳播理論》，臺北：三民。

呂桂華（民79）〈大眾傳播媒體在公共政策制定過程中角色功能研究——以臺電核四廠政策爭論之個案研究〉，文化新聞所碩士論文。

高朗（民80）〈風險溝通與核四廠興建〉，公共事務與國家發展學術研討會論文集，民主文教基金會，民80.9，p.305–328。

張茂桂（民78）〈臺灣反核運動之評析〉，徐正光、宋文里合編（民78）《臺灣新興社會運動》，臺北：巨流，p.189–210。

彭倩文（民76）〈核能四廠建廠爭議——一個社會學的分析〉，東吳社會研究所碩士論文。

陳雪雲（民80）〈我國新聞媒體建構社會現實之研究——以社會運動報導為例〉，政治新聞所博士論文。

鄭瑞城（民80）〈從消息來源途徑詮釋近用媒介權：臺灣的驗證〉，《新聞學研究》，45:39–45。

蘇蘅（民75）〈媒介報導衝突事件的角色分析——以報紙報導核四廠興建的爭議為例〉，《新聞學研究》，36:251–285。

英文部分

Anderson, A. (1991) "Source Strategies and the Communication of Environmental Affairs" *Media, Culture and Society*, 13 (4): 459–476.

Berkowitz, D. (1987) "TV News Source and News Channel: A Study in Agenda-Building" *Journalism Quarterly*, 64 (2): 500–513.

Brown, J. D., et al. (1987) "Invisible Power: Newspaper News Source and the Limits of Diversity" *Journalism Quarterly*, Vol.64: 45–54.

Cohen, S. and J. Yang (1981) (eds.) *The Manufacture of News: Social Problem, Deviance and the Mass Media*, Beverly Hills, Ca: Sage.

Cobb, R. W., J. K. Ross and M. H. Ross (1976) "Agenda Building as a Comparative Political Process" *American Political Science Review*, 70: 126–137.

Eddelman, M. (1988) "Political Language and Political Reality" in *Constructing the Political Spectacle*, Chicago: Univ. of Chicago Press, p.90–102.

Gans, H. J. (1979) "Source and Journalists " in *Deciding What's News*, NY: Panthon, p.116–145.

Hall, S., et al., (1981) "The Social Production of News :Muggling in the Media" in S. Cohen and J. Young (eds.) *The Menufacture of News*, Beverly Hills, Ca: Sage, p.335–367.

Mathes, R. and S. Dahlem (1989) "Campaign Issues in Political Strategies and Press Coverage: the Rental Law Conglict in the 1982–1983 Election Campaign in the Federal Republic of Germany" *Political Communication and Persuation*, Vol.6: 33–48.

Mathes, R. and C. Rudolph (1991) "Who Sets the Agenda ? Party and Media Influence Shaping the Campaign Agenda in Germany" *Political Communication and Persuation*, Vol.8: 183–199.

Morley, D. (1981) "Industrial Conflict and the Mass Media" in S. Cohen and J. Young (eds.) *The Manufacture of News: Social Problem, Deviance and the Mass Media*, Beverly Hills, Ca: Sage, p.368

-392.

Murdock, F. (1981)　"Political Deviance: The Press Presentation of A
　　　　Militant Mass Demonstration" in S. Cohen and J. Young (eds.)
　　　　*The Manufacture of News : Social Problem, Deviance and the
　　　　Mass Media*, Beverly Hills , Ca: Sage, p.206–225.

Rogers, E. M. and J. M. Dearing (1988) "Agenda Setting Research:
　　　　Where Has It Been, Where Is It Going " in *Communication
　　　　Yearbook* 11: 555–595.

Rosengren, K. E. (1983) "Communication Research: One Paradigm or
　　　　Four?" *Journal of Communication*, Vol.33 (3): 185–203.

Salmon, C. T. (1989) *Information Campaigns: Balancing Social Values
　　　　and Social Change*, Newbury Park, Ca: Sage.

Schlesinger, P. (1990) "Rethinking the Sociology of Journalism: Source
　　　　Strategy and the Limits of Media Centrism" in M. Ferguson (ed.)
　　　　Public Communication the News Imperatives, London: Sage, p.61
　　　　–84.

Shoemaker, P. J. (1984) "Media Treatment of Deviant Political Groups"
　　　　Journalism Quarterly, 61 (1): 66–74, 82.

Sigal, L. V. (1973) *Reporters and Officials: The Organization and
　　　　Politics of Newsmaking*, Lexington, Mass: D.C. Heath and Co.

Tuchman, G. (1977)"The Newspaper as a Social Movements' Resource"
　　　　in G. Tuchman, A. K.Daniels and J. Benet (eds.) *Home and
　　　　Hearth: Images of Woman in the Media*, New York: Oxford Univ.
　　　　Press, p.185–215.

Weaver, R. M. (1985) ,in S. K. Foss, K. A. Foss and R. Trapp (1985)
　　　　Contemporary Perspectives on Rhetoric, Illinois: Waveland,

p.45–76.

Wolfsfeld, G. (1984) "Symbosis of Press and Protest: An Exchange Analysis" *Journalism Quarterly*, 61 (3): 550–556, 742.

Wolfsfeld, G.(1991) "Media, Protest and Political Volience: A Transactional Analysis" in *Journalism Monograph*, Vol.127.

第五章　媒介策略：看消息來源如何「進攻」媒體
——以公視立法爭議為例 ❶

葉瓊瑜

---

❶ 本章改寫自作者84年的碩士論文：〈從媒介策略角度探討消息來源之議題建構——以公視立法爭議為例〉。

壹、 研究動機與問題

　　回溯過去新聞學研究的源流，以所謂的傳播過程三要素來看，過去的研究重點多放在傳播訊息(message)及閱聽眾(receiver)的探討上，消息來源的研究(sender)相對地處於被忽視的狀況(Luostarinen, 1992: 91)。

　　七〇年代Sigal開啟的一連串有關消息來源的研究，以及McCombs & Shaw提出的議題設定理論，使得消息來源的研究受到短暫的重視。

　　在這期間許多研究雖名為探討記者與消息來源之間的關係，但在實際的執行上卻往往只由新聞組織的角度來探討，而忽略消息來源的角色(Ericson, 1989: 1)。Herbert Gans在 *"Deciding What's News"* 一書中便指出，有關消息來源的研究，值得研究者投入更多的心力，以便探討某一團體在某一議題中如何成為消息來源？消息來源近用或逃避媒體報導的利益考量為何？某一團體無法近用媒體的原因探討等 (Gans, 1979: 360)。

　　一直到八〇年代，Schlesinger發表一系列研究後，消息來源的研究才又受到重視(Luostarinen, 1992: 91)，他批評過去消息來源研究太過媒介中心主義(media centrism)，使得媒體的權力過大，消息來源的重要性付之闕如(Schlesinger, 1990)。近年來消息來源研究漸成顯學，特別是歐陸學者在媒介策略上的研究（臧國仁，民83年），廣受重視的程度可由 *"Media, Culture, and Society"* 卷十五，以整期的篇幅來探討媒介策略與公共關係看出。

　　而有關消息來源研究的幾種途徑也有許多不同的分法，如Berkowitz & Adams 整理過去有關消息來源影響議題建構過程的研究，歸納出兩個途徑 (Berkowitz & Adams, 1990: 724)：其中之一是看結果 (outputs) ，也就是從媒介內容中去看消息來源建構議題的情形，類似

Schlesinger 的內部途徑作法;另一則是看消息來源的策略輸入 (inputs)，也就是看消息來源在近用媒體時所使用的方法，可等同於Schlesinger所提外部途徑的作法。另外也有在這兩個面向之外，加上屬於記者與消息來源互動的部份（喻靖媛，民83年）。

或有將消息來源研究區分為： 1.新聞發佈與公關稿件， 2.資訊津貼 (information subsidy)與議題建構， 3.媒介策略，三個方向（臧國仁，民83年）， 如果我們簡單的以看媒介策略輸入，以及看策略輸入後媒體的報導情形來區分，那麼事實上，這三種取向在某種程度上，都可以歸納為媒介策略研究的一支。

雖然消息來源媒介策略研究在國內外已受到相當的重視，但媒介策略的定義一直未被清楚的界定、且非官方消息來源的研究偏少，事實上 Schlesinger在發展外部途徑時，便希望將非官方消息來源納入，使非官方消息來源不再被視為邊陲團體(Schlesinger, 1990: 77)。因此，非官方消息來源的媒介策略研究，遂成為一有意義的方向。

在將媒體視為一公開的場域概念下，本研究將同時關照消息來源策略輸入及輸入後之結果，除試圖釐清媒介策略的意義外，並結合內部及外部途徑的作法，分析消息來源在媒體上的具體近用情形，及消息來源近用媒體的策略。並將焦點集中在非官方及官方消息來源之間的權力傾軋，不視非官方消息來源為邊陲團體的作法。

根據研究動機與目的,本研究主要探討的問題是誰有權力界定議題，其中包含：(1)哪一消息來源為議題的主要界定者? (2)消息來源近用媒體的策略為何?

貳、 問題背景陳述

一、 公共電視在臺灣

　　公營廣播制度在許多國家已行之多年，尤其以英國的BBC與日本的NHK最為人所稱道。七〇年代後期，更歷經解禁(deregulation)、再管制(re-regulation)的衝擊（馮建三，民82年，p.326）。

　　反觀公共電視在臺灣的情形，早在民國69年，當時的行政院長孫運璿便曾公開表示建立公共電視臺的意願，然而當時的談話中，仍認為公共電視必須「配合國家政策及教育需要」（翁秀琪，民80年）。公共電視在73年5月開播，但並非一獨立的電視臺，僅利用三臺現有設備與頻道，播送外製節目或國外影片，嚴格來說並非理想中公共電視的原型，馮建三便認為這樣名實不符的情形，有欺世盜名之嫌，混淆一般大眾的視聽，並將這樣模式歸類為「蝦米模式」（馮建三，民82年，p.320）。

　　在此之後一直到79年，延宕六年之久的公視建臺工作終於在各界的期望中展開，然而自從公共電視建臺工作開始以來，一直是一波三折❷，面臨的問題包括：在沒有法源的基礎上，已先編列大筆預算，而被視為有濫編、消化預算之嫌、公共電視官方籌委會曾有半數以上籌委欲辭職抗議、公視法遲遲未通過、乃至公視工程弊案、彈劾案等事件，而其中與公視是否能順利開播最為息息相關的公共電視法，在朝野立委及各方交相指責下，僅完成一讀的工作。

　　立法過程延宕的原因在於朝野對公共電視法中最重要的,有關人事、經費、及主管機關的關鍵條文，看法相當分歧，這幾項重要條文，在公視法草擬小組草擬完成送行政院審查後遭到修改，後來又在公共電視民間籌備會（成立於民國82年6月，主要由傳播界及藝文界的知識分子所組成）及部份立委的強力運作下，推翻了所謂的公視法行政院版本。

　　公視法在草擬完成經行政院修改後，產生相當大的不同：在人事任命方面，董事不須經過民意（立法院）的審核；在經費方面，將政府編列之預算畫為公視的主要經費來源；在主管機關方面規定為新聞局。而

---

❷　有關公共電視建臺大事紀請參見附錄一。

一讀後的法案，在這三項條文方面，大致以公共電視民間籌備會所提版
本為依歸，其主要的特色在於：在人事方面，董事必須經立院同意，才
由總統聘任；在經費方面，則主張徵收無線電視臺之營業額，作為公視
經費來源之一；在主管機關方面則改為文建會。

　　雖然一讀完成的公共電視法，相當地體現了獨立自主的精神，但在
三家電視臺員工與部份立委的聯手下，正預備在公視法二讀時翻案，未
來公視的走向仍有變數。

二、 公共電視民間籌備會之角色

　　從以上所描述的公視發展簡史，可看出公視民間籌備會是此一議題
中，首次出現的民間聲音，並且在法案一審的過程中，扮演著提出建言
及為法案催生的角色。這個主要由傳播界知識分子組成的團體，充分利
用了Bourdieu所謂的「文化資本」 ❸，在媒介場域上獲得相當的成果。

　　公共電視民間籌備會成立於82年6月20日，由一百多位學術及文化
界人士組成，該會的工作大致可分為三部份：(1)從事媒體戰，(2)進行國
會遊說，(3)成立法制小組，擬定有關公視人事及經費等具體條文。而以
上三項工作均配合立院審查法案的時間，以求達到最高效率。

　　相較於公共電視官方籌委會，民間籌備會在法定地位及經濟資源上
是屬於較為弱勢的團體，但是其本身所具有的文化資本卻相當優厚。也
正因為公共電視民間籌備會本身所具有的這些特色，因此在公共電視此
一議題中，誰較有機會近用媒體的問題，不再像過去官方主導議題界定
那樣的單純。

參、 文獻探討

---

❸　Bourdieu認為文化資本是一種操弄符號的能力，可以用來解釋或是建構社會
　　現象，以實行文化支配或宰制(Bourdieu, 1988)。

一、媒介議題設定的權力觀點

在本世紀初，李普曼在談「民意」此一概念時，便指出媒介在建構「社會真實」的過程中，扮演著相當重要的角色。由於人們生活的外在世界太過複雜，故必須透過媒介來了解外在世界（翁秀琪，民81年）。誠然，媒介對於人們所認知的真實有相當的影響，但新聞卻不單是媒體自身的產物。Sigal(1973)在分析華盛頓郵報及紐約時報的運作後，得出的結論是：華盛頓地區的新聞是記者與政府官員，兩個組織交易後的結果。

Shoemaker & Reese(1991)也指出，在媒介內容的產製過程中，包括媒介及社會組織兩種資訊處理機制。可知媒介議題的產生與建構，其中有許多力量交互影響，只是誰的影響力量較大，仍無定論。在此，Reese以權力關係來探討媒介議題設定的問題，可以作為以下討論的開端。

影響媒介內容之不同，與社會中政治權力的運作有關。Reese(Reese, 1991)延續 Curran、Gurevitch 及 Woollacott 等人在 "The Study of the Media: Theoretical Approaches" 一文中的分法，以多元主義及馬克思主義典範為主軸，來探討政治權力不同的運作方式。而這兩種典範事實上正是媒介建構社會真實的兩大派別，也是傳播理論中所歸納出的功能／激進主義，或行政／批判研究。(Rogers, 1982: 130; Rosengren, 1983: 189)

多元主義的社會中權力是分散的，勢均力敵的利益團體相互競爭，精英份子彼此分立，權力集中的情形幾乎不可能發生(Reese, 1991)。在這樣的社會中，大眾媒體被視為(1)社會變遷的動力之一，而非全部，(2)權威的消息來源和，(3)政客們在權力遊戲中競相爭逐掌握的工具（翁秀琪，民81年）。 因此，在探討媒體與其他社會組織的關係時，雙方是互賴的，媒體與其他社會核心接觸時，有一半的自主性存在 (Curran, Gurevitch & Woollacott, 1984)。

　　馬克思主義的觀點下，權力是較為集中在社會精英或資產階級上。
(Reese, 1991) 因此，大眾媒介被視為是社會控制的工具，既得利益者或
權力把持者用來達成劇烈的社會變遷或用以維持現狀(翁秀琪，民81年)。
媒體被鎖定在整個社會權力結構中，其是否具自主性相當值得懷疑
(Curran, Gurevitch & Woollacott, 1984)。而權力中心對媒體議題是一種
上對下的控制關係，媒體議題只是表達或延伸既得利益者的權力(Reese,
1991)。

　　近年來，多元與馬克思這兩大典範之間的界限漸趨模糊，呈現雙邊
靠攏的局面 (Curran, 1990)，近十五年來歐洲所風行的新修正主義運動，
收編了多元主義的看法，而自由多元論的學者在接受批判後，也漸修正
調整。在這種交互影響之下，所產生的改變便是兩派的學者，都將研究
焦點放在所謂的媒介論域 (media discourse) 問題上 (Curran, Gurevitch,
Woollacott, 1984)。所謂的媒介論域定義是：各種團體、制度、及意識
形態，彼此競逐以定義及建構社會現實的場域 (Gurevitch and Levy,
1985)。因此，彼此競爭以定義社會現實的團體在此一分高下，權力關係
在此赤裸裸的展現。

　　在論定媒介論域中複雜的權力關係時，Stuward Hall承襲Gramsci的
霸權理論，以結構的觀點出發，提出初級界定及次級界定的概念 (Hall,
1981)。他認為，媒體為因應新聞產製的內部壓力，而發展出一套常規化
的運作過程，如採訪新聞路線的規劃等；再加上新聞報導客觀中立的要
求，使得媒體系統性地、結構性地過度接近社會制度中握有權力者，再
製了社會中既有的權力結構。這群位於高階的人(特別指官方消息來源)，
就成為所謂的初級界定者(primary definer)。一旦初級界定者對問題的框
架形成後，便限制了之後的討論與爭辯，與此框架不符者，則被視為與
本問題無關。媒體在此扮演一從屬的地位，再製了權威消息來源對事件
的定義。

Hall的初級界定及次級界定的觀點提出後，招致相當多的批評，其中Schlesinger以實證的媒介社會學(The empirical sociology of journalism)的角度出發，對Hall的初級界定者概念提出幾點批評：(1)官方消息來源在建構某一議題時，口徑並非齊一，也就是初級界定者彼此之間也有競爭，此時到底誰是初級界定者？初級界定者只能有一個嗎？(2)初級界定者，特別是官方的消息來源，往往以匿名的方式來影響整個議題，只就報紙上的報導來分析消息來源是不夠的。(3)初級界定者彼此近用媒體的機會也是不平等的，仍有一定的階層存在。(4)結構性的初級界定者概念是反時間性的(atemporal)，在整個議題建構的過程中，消息來源更替是一種相當動態的過程，新的消息來源會取代舊的，而不是一種靜態。(5)在此觀點下，媒體的相對自主性完全被忽略，畢竟媒體仍可透過調查性報導，或利用某一突發事件，來主動出擊，甚至有時消息來源會因某些特殊利益，而採取媒體所提出的一些口號或議題。

另外，Hall也排除了初級界定出現之前，可能有的協商過程。Schlesinger認為，在承認近用媒體結構上的不平等時，也不該忽略消息來源在競取媒介注意時所採的策略，所謂的初級界定應該是最後的結果，而非先前的限制(Schlesinger, Tumber and Murdock, 1991: 399)。

David Miller (David Miller, 1993)以北愛爾蘭官方為例，檢視Hall的初級界定者概念時，也提出以下幾點批評：(1)Hall所提初級界定者的概念忽略官方內部組織可能有的分裂情形，(2)他排除了可能有的協商議談空間，(3)假定媒體的近用結構確保了官方的策略優勢，反對的定義完全無法替代初級界定者的定義，(4)初級／次級界定者的概念假設新聞常規、新聞價值與國家利益是相符的，但媒介為次級界定者的看法無法解釋不同媒介在報導上的差異，(5)媒介在這場定義戰爭中所扮演的角色完全被排除。

在承認媒體是各種團體、制度、及意識型態，彼此競逐以定義及建

構社會現實場域的情況下，對於誰有權力界定議題的問題，結構論者與多元論者有著不同的看法：Hall 認為消息來源（特指官方消息來源）即是初級界定者，而Schlesinger認為所謂的初級或次級界定者，應該是各消息來源運用各種策略競取媒介注意後的結果，而非先天結構上牢不可破的限制。

因此在分析誰有權力界定議題時，首先必須認清官方消息來源未必就有先天上的優勢，而必須進一步細究消息來源近用媒體所採取的媒介策略。

二、 消息來源人物背景與其近用媒體的關係

有關消息來源人物背景與近用媒介的關係，在國外是1973年Sigal所開啟的一連串有關這方面的研究，他以內容分析法分析紐約時報及華盛頓郵報的頭版新聞中，所引用的消息來源背景，結果發現政府官員的比例高達半數以上(Sigal, 1973)。

Brown等人延續Sigal的作法，同樣以報紙頭版的報導來分析消息來源的背景，是否有較以前多元化的現象 (Brown, et al., 1987)，結果仍發現超過半數以上(54.7%)的消息來源來自中央或地方政府等相關機構。之後許多相關的研究也都證實了消息來源偏向的問題確實存在。

在國內這方面的研究則以鄭瑞城與羅文輝於民國 77 年所作的研究為前驅。這一系列的研究，基本上想要呈現的，是消息來源近用媒體情形背後所隱喻的社會權力光譜，在所謂的一般事件方面，消息來源類目主要有政府（官方）／非政府（非官方）、 正式組織／非正式組織、組織內職級之高低、人口學變項如性別、年齡、職業等；在所謂的特殊事件方面，消息來源分析類目則發展出三類：行動者、處理者、及未涉事的第三者。

綜觀國內外有關消息來源人物背景的研究，可知消息來源人物背景

處理的問題，已經相當的完整與成熟，各種變項的發展也幾乎窮盡，如
分析的媒體（包括電視報紙雜誌等）、新聞性質（硬性／軟性）、消息來
源分析類目、甚至跨時間點的比較等。

　　在研究結果上，國內外相關的研究都有類似的結論：媒介確實有所
謂消息來源偏向的問題 (Hackett, 1985)。在一般的（非爭議性的）硬性
新聞（環保醫學、科學等）中，官方的、正式組織內，職級較高的男性，
有較大的近用機會，在職業分佈上明顯地偏向社會精英如學者專家，農
林漁牧等職業的消息來源較少被提及。在爭議性（如街頭抗爭運動等）
新聞中，未涉入的第三者（一般民眾、學者專家）近用機會最大，處理
者次之，行動者最少。另外，國內有做跨時間點比較（解嚴前後）的研
究都指出，在解嚴後消息來源在特殊事件中，近用媒體的差異情形已縮
小（鄭瑞城，民80年）。

　　近來有關不同背景消息來源近用媒介的問題，開始與議題建構問題
相連結。這一方面的研究主要仍是延伸消息來源與媒體近用之間的權力
關係，在研究對象上通常以單一的議題發展過程為主，除檢視不同背景
消息來源近用媒體，以建構議題的情形外，尚加入議題傳散（許傳陽，
民81年）、媒介策略（楊韶彧，民82年；翁秀琪，民83年；胡晉翔，民
83年）、及框架分析（胡晉翔，民83年）。

　　這些研究的結果發現，在爭取事件定義權的媒介場域中，官方消息
來源似乎不再必然是最有權力的議題界定者，民間團體（反六輕運動、
無住屋組織、亦或是婦運團體）會以各種方式企圖近用媒體，以建構議
題。

　　從單就消息來源的人物背景來看其後的權力關係，到後來一連串與
議題建構、媒介策略、與框架分析等結合的方向，可以看出只是就消息
來源被引用次數之多少，來斷定消息來源界定議題權力之高下並不周延。

　　Wolfsfeld認為社運團體與媒體之間的交易過程中，包含結構及文化

兩個面向，前者處理的是抗爭團體及媒體之間的權力、依賴關係，以及其結果，所顯現的是一種量化了的互動結果；後者關注的是意義的競逐，藉由比對敵對雙方所提供的框架以及媒體報導的框架，顯現的是質化的結果，而量化與質化的分析皆不可偏廢(Wolfsfeld, 1991: 3)。

而翁秀琪在探討婦運團體所發動策略與報導情形時，也認為只由報紙報導各消息來源人物的出現頻率、被處理方式等，並不能就此斷定彼此之間的權力關係，應該一併考量消息來源的媒介策略（翁秀琪，民83年）。

由此可知在探討誰有權力界定議題此一問題時，除了要分析消息來源人物之背景，還必須細究各消息來源在近用媒介上所作的努力。

三、 消息來源媒介策略

如果說媒介論域為各種社會團體彼此競爭，以定義社會現實的場域，那麼消息來源媒介策略(media strategy)可說是各團體企圖近用媒體，以進行意義競逐的方法。

Schlesinger提出消息來源媒介策略的概念時，首先將消息來源的研究分為兩種：內部／外部途徑。所謂內部途徑是指分析的資料來自報紙上的報導內容，或是記者陳述其與消息來源互動的情形，抑或結合二者。外部途徑則分析消息來源近用媒介的策略、新聞管理或檢查的情形。資料可從記者的回想、公關稿、或直接參與觀察取得，企圖藉由多樣的管道，重組消息來源的媒介策略(Schlesinger, 1990)。然而，在Schlesinger提出媒介策略的概念後，這方面的研究雖多，但由於對媒介策略一直都沒有清楚的定義，因此在作法上有很大的差異。

國內外有關消息來源媒介策略的研究，有探究官方消息來源在建構議題上的媒介策略運用 (Miller & Williams, 1992; Loustarinen, 1992; David Miller, 1993; Greg Philo, 1993)，也有非官方消息來源（特別是社

運團體）近用媒體的策略規劃 (Anderson, 1991;Ryan, 1991; 許傳陽，民81年；孫秀蕙，民83年；楊韶彧，民82年；胡晉翔，民83年；翁秀琪，民83年）。

在分析方法上，國外有關媒介策略的研究多以全盤性的觀點，描繪整個議題建構的過程，較少分析媒介的內容，採取的是外部途徑的作法；在國內的研究方面,僅有孫秀蕙純粹以外部途徑來探討媒介策略的問題，其他的研究則多以內部途徑作法為主。

由過去有關消息來源媒介策略的研究可看出，純粹以外部途徑來探討非官方消息來源媒介策略的研究相當少，主要原因在於社運團體在推動運動過程中，甚少留下完整記錄。在資料取得不易的狀況下，有結合內部途徑及外部途徑的作法，但是內部途徑往往因為媒介策略的定義不清，在分析的指標上出現莫衷一是的情形。

本研究在媒介策略的問題處理上，也將結合內部途徑與外部途徑的作法，除了由報紙報導作為消息來源媒介策略具體呈現的判準，並另行收集消息來源的各式記錄，企圖由這兩個方向，重組消息來源的策略運用。而為免除以往以內部途徑分析媒介策略所面臨的問題，以下將先由過去有關消息來源媒介策略的研究中，試圖對媒介策略訂出較為明確的定義，並歸納出在實際分析時所運用的指標。

定義消息來源媒介策略

Schlesinger在以內部／外部途徑探討媒介策略此一概念時，認為過去的消息來源研究都太過媒介中心主義(media-centrism)，只以內部途徑來看消息來源與媒體之間的關係，而完全忽略消息來源如何組織媒介策略，以及與其他消息來源競爭的問題。而實證的媒介社會學(the empirical sociology of journalism)在這方面有許多可以借鏡的地方，雖然實證方面的研究承認政治經濟等因素，保障了消息來源策略上的優勢，但並未妄

下斷語地提出初級界定的概念，而注意到其他消息來源在企圖近用，並主動地追求界定某一議題的努力，即使某些消息來源得天獨厚的享有優勢，也不表示他們不須要策略，就可以輕易的掌控媒體的報導(Schlesinger, 1990)。

因此，Schlesinger 認為必須發展一外部途徑分析模式(externalist model)，在此模式中非官方壓力團體將被納入研究，而不再被視為是邊陲團體。他認為所謂的消息來源應是競逐近用媒體的各個團體，其所具有的物質資源或象徵資源並不均等，但資源優渥者並非就一定是所謂的初級界定者，必須視其媒介策略成功與否而定。(Schlesinger, 1990: 77)

在此外部途徑下的判斷標準是：消息來源是否能符合媒體需求以製造訊息的程度，判準包含以下四點(Schlesinger, 1990: 79)：1.消息來源有定義明確的訊息，並以最適合的方式框架。2.傳送該訊息的管道及目標閱聽眾已經確定。3.成功傳播的前置因素已經確立，如已有同情性的接觸或是已掟準傳布訊息的時間點。4.反對的一方已中立化或已在預料中。

由以上的說明可知，用以評估消息來源媒介策略的外部途徑模式，最基本的是看消息來源是否能依照媒體的需求，以適切地製造出媒體所欲報導的訊息，而適切與否的判定標準即是以上四點。

Ryan在探討社運團體媒介策略時強調，所謂的媒介策略並非一成不變，必須不斷地因應外在環境及組織情形來調整，因此應視為是一動態的、循環的過程，他並歸納出以下的媒介策略規劃方向：(Ryan, 1991, p.220–221)：⑴確認團體的目標及評估資源後，⑵決定訊息的框架，⑶決定傳達訊息的通道（包括對媒體特點的評估），⑷並注意保持與媒體的良好關係。

綜合Schlesinger與Ryan的看法，可以看出在規劃媒介策略時，消息來源所欲傳達的訊息如何予以框架以及傳送，是最為關鍵的部份。因此，

本研究在分析媒介策略時，也將循所謂的訊息框架，及傳佈訊息之通道
來看。

媒介策略——訊息傳送通道

　　Sigal在1973年所著*Reporters and Officals*一書中，便處理到有關訊
息傳送通道(channel)的問題，他將訊息傳送通道分為三種：(1)常規性通
道(routine channel)，包括官方記錄、新聞發佈、記者會、及非自發性的
事件（如演講、或示威事件），(2)非正式管道(informal channel)，包括有
關某一事件的簡報、漏新聞、其他非官方記錄等，(3)企劃性管道
(enterprise channel)， 主要指記者自發性的採訪、記者親身目擊的自發
性事件（火災、暴動等）、引自其他書刊或統計資料的獨立研究、以及記
者本身的分析及結論(Sigal, 1973: 120)。

　　Sigal 以上述的類目分析紐約時報及華盛頓郵報自 1949、1954、
1959、1964、到1969年，兩千八百五十則頭版的新聞中發現，超過半數
以上(58.2%)的新聞來自常規性管道，而這也是在Sigal研究中，官方消
息來源之所以佔所有消息來源中百分之八十以上的原因。

　　在Sigal的研究之後，也有許多探討訊息傳佈通道的文章(Berkowitz,
D., 1987; Brown, et. al., 1987; Hansen, K. A., 1991)，基本上也都是循
Sigal的分法。其中Hansen將所謂的企劃性管道重新界定為包括調查性報
導、解釋性報導、深度報導等(Hansen, K. A., 1991: 476)，如果純粹以記
者本身的主動性來區分，事實上 Sigal 所歸納出的常規性及非正式管道，
相較於企劃性管道，比較是屬於消息來源（無論是官方或是民間團體）
的積極作為。

　　在另一方面，有關消息來源如何藉由新聞發佈、資訊津貼等方式近
用媒體，也已在公關的領域中被提出並佐以實證，只是這方面的研究主
要是以企業或政府單位為主，較少觸及到弱勢團體近用媒介的方法。

Turk(1986b)分析美國路易斯安那州,政府部門中六個單位的公共資訊官員 (Public information officers, PIOs),對當地八家日報有關政府新聞的影響時,將傳遞資訊的方式分為書面的公關資料 (written handouts),其中包括新聞發佈、提供背景資料、及提供相關文件、及非書面的傳遞方式包括打電話給記者、私人接觸、記者會等(Turk, 1986b: 18)。結果發現:一半以上的PIOs所提供的資料被接受,而在這其中有半數以上來自公共資訊官員所提供的書面公關資料,他們認為提供書面資料在準備及傳送上效率最好,而像打電話給記者,及召開記者會也是相當受他們青睞的方式(ibid: 20)。

而Gandy所提出的資訊津貼概念,也有許多值得借鏡之處。他將資訊津貼定義為:藉由控制他人接近使用有關某一政策的資訊,進而影響他人決策的一種企圖;資訊之所以可以作為一種津貼,主要功能在於決策者因為獲知該資訊,而減少決策時所花的成本(Gandy,1982: 61)。

運用在新聞工作上,由於記者常要面對時間及上版的壓力,因此資訊津貼可以相當地減低記者在產製新聞時所花的成本,所以消息來源對媒體的津貼方式,基本上與媒介策略中傳送訊息之管道相當類似。

Gandy 更進一步將資訊津貼分為直接津貼 (direct subsidies) 及間接津貼(indirect subsidies)兩種(Gandy, 1982: 202):所謂直接津貼主要針對的是對決策有一定影響力的人,方法包括郵寄或轉交有關某一政策的報告、信函、或分析結果,參加聽證會或調查會,買廣告,或直接接觸遊說等,主要在與有影響力的政治行動者直接接觸。

間接津貼則針對媒體發佈訊息,其中又分為消息來源有意或無意隱藏身分兩種,若是有意隱藏身分,則多半由公關或者是其他「獨立」的研究機構發佈訊息;若消息來源無意隱藏身分,也會以掩飾本身利益的作法來進行資訊津貼,方法如記者會、新聞發佈(news release)、假事件等。

在Gandy所提出的資訊津貼概念後，Berkowitz及Adams首先將資訊津貼與議題建構結合。在 "Information Subsidy and Agenda-Building in Local Television News" 一文中，將資訊津貼的方式分為預先計畫之事件(preplanned events)及提供相關的資訊(informational material)兩部份，前者包括參加會議、集會、記者會、及特殊活動；後者則包括提供有關某一議題的資料、事件的說明等 (Berkowitz, D. & Adams, D. B., 1990: 726)。

在以此類目分析印地安那州地方電臺，接受資訊津貼之情形時發現，在1023篇資訊津貼的資料中，新聞發佈、公開聲明等資料式的資訊津貼方式最多，佔百分之七十四；但是實際被電臺採納的資訊津貼資料中，事件導向的資訊則較常被使用，佔全部的百分之四十三。

Anderson則以Friends of the Earth 以及Greenpeace兩個環保團體為主，透過與記者及團體工作人員的訪談，整理這兩個團體的媒介策略 (Anderson, 1991)。在七〇年代時，這兩個團體主要是發宣傳，以爭取媒體的注意，但到了九〇年代，則轉而發展更為清楚的媒介策略，除了注意不同媒體所擁有的不同公眾群，並慎選傳送給媒體的資訊。

在傳送訊息管道上，兩個團體有著相當的不同，Friends of the Earth 以新聞發佈 (press release) 為主，將新聞稿發送到各新聞機構及通訊社，而綠色和平則以自己拍攝的錄影帶或照片等影像資料，傳送給電視或報紙。

國內有關消息來源媒介策略的研究，首先見於許傳陽以宜蘭反六輕運動為例，探討媒體與社會運動關係的論文中（許傳陽，民81年）。在其文中所定義的媒介策略，其實就是指傳送訊息的通道而言，他以策略方式（明顯／隱含媒介對象）及傳播型態（語言／文字訴求）為兩個面向，區分出四種不同的媒介策略型態：「資訊補貼式新聞」指的是新聞內容來自社運團體提供的新聞稿、讀者投書、學者專家專欄等。「文宣活動式新

聞」來自傳單、新聞信、萬言書等。「觀念促銷式新聞」來自記者會、審查會、記者訪問等。「媒介事件式新聞」則是有關社會抗爭、陳情、群眾說明會等報導。

結果發現：在整個反六輕的新聞報導中，「觀念促銷式新聞」最多，「媒介事件式新聞」居次，其後是「資訊補貼式新聞」及「特稿」，最後是「文宣活動式新聞」。若進一步以角色區分，則可發現反六輕組織（事件抗爭者）主要以「媒介事件」來建構議題，臺塑集團則以「觀念促銷」來建構議題。

孫秀蕙則首次以所謂的外部途徑作法，探討環保團體在反核四運動中所運用的公關策略（孫秀蕙，民83年）。文中分析環保團體的新聞稿、聲明、讀者投書、外稿評論、及相關簡報，企圖重組反核團體所施行的語言策略及行動策略。

在分析報紙刊登之外稿時，發現一百八十三則外稿中，撰稿者身分以社會人士、學者（研究員）最多；超過半數（百分之六十九）的撰稿者，以及高達百分之八十的撰稿學者，對核能發電持反對的立場，足見反核團體運用其文化資本，積極開拓智識場域的成果。

翁秀琪以婦運團體為研究對象，同樣以外部途徑的方式重組婦運團體的媒介策略（翁秀琪，民83年）。文中將消息來源的運動策略同樣以文字的與行動的兩個面向來劃分，結果發現，婦運團體媒介策略種類相當多，其中以遊行示威最多，而官方消息來源策略很少，即使有也多以參加座談會為主。另外，不同的媒介策略，在近用媒體上的功效也有不同，戶外的，動態的策略，較室內的，靜態的策略來的有效。

由以上有關傳佈訊息通道各種不同的分類發現，一般而言多半仍是以語文的（提供書面、靜態的資料）或行動的（發動假事件）這兩個面向來區分，然而在有關某一議題的新聞中，並非所有的訊息皆來自消息來源有意的作為，Sigal 的企劃性管道可以說主動權是歸於記者的一方，

消息來源只是被動接受記者有關某一議題的詢問而已。

　　另外，從上述的實證研究中也可看出，不同的消息來源建構議題的管道會有所差異，因此本研究將分析在公共電視此一議題中，不同的消息來源在傳佈訊息通道的選擇上有何不同？是否可以反應出消息來源是主動建構議題，亦或是被動出現的情形。

媒介策略——訊息框架

　　Schlesinger 在提出外部途徑，以分析非官方消息來源媒介策略時，便引入 Bourdieu 的智識場域 (intellectual field) 概念 (Schlesinger, 1990: 77; Schlesinger, et al., 1991: 400)。他認為在多元民主的社會中，公共領域包含著許多不同的智識場域，在其中運作著意義競爭 (Symbolic struggle)，而各種不同的消息來源在此積極運用其物質或文化資本 (cultural capital)，以爭取對事件的正統詮釋權。

　　Gamson 在分析有關核能議題的媒介論域與民意時，將焦點放在媒介框架上，他認為媒體不僅是議題文化產生之地，同時也是各種社會團體、意識型態進行框架競爭，以定義議題與建構真實的場域。(Gamson & Modigliani, 1989: 3)

　　而社會運動理論中所謂的共識動員理論 (consensus mobilization)，也超越以往的資源動員論及新社會運動理論，強調社會運動組織為一意義策動者(signifying agent)，在整個意義策動 (或稱框架, framing) 過程中，必須對相關的事件或狀況賦予意義、提出解釋，以藉此動員潛在支持者(Snow & Benford, 1988: 198)。

　　因此在媒體為一公開論域的概念下，探討社運團體媒介策略的另一個方向，集中在所謂的意義建構方面，而與意義建構息息相關的框架分析，對我們了解誰有權力界定議題及如何界定的問題，有相當的助益。

　　過去有關框架分析的研究取向可分為以下幾種：van Dijk 的論述分

析取向、Gamson以及Ryan的「詮釋包裹」分析取向、Tankard的「框架清單」分析取向、Pan & Kosicki的論述結構框架分析取向（羅世宏，民83年，p.52）。

而羅世宏在以媒介框架分析，探討後蔣經國時代國家、主流媒體、與反對運動，對國家認同議題的建構時，則依據可行性及中英文語法結構不同的問題，只選取Gamson及Tankard的框架分析方法，並嘗試予以結合❹，本研究基本上也將循此途徑，來做媒介策略中有關框架分析的部份，以下將分別說明Tankard的「框架清單」分析取向，及Gamson的「詮釋包裹」分析取向。

Tankard 在研究有關墮胎此一議題時，首先提出「框架清單」分析取向(the list of frames approach)的作法(Tankard, 1991)，他認為框架應是某一新聞的中心組織概念，經由選擇、強調、排除、以及其精細的結構，藉以提供一種特定的情境，並引出什麼才是最重要的(what the issue is)(Tankard, 1991: 5)。

他主要以所謂的文本取向的方法，先從有關墮胎此一議題的報導中隨機選出二十篇文章，自其中歸納出幾種不同的框架，臚列出框架清單，以供研究者登錄使用❺。一般而言，文本中的標題、副標、照片、照片說明、導言、對事件的溯源方式、甚至是文章段落、結論等這些框架機制(framing mechanism)，都可以用來作為歸納框架的判準。

在墮胎此一議題中，Tankard主要以支持及反對（pro-及anti-）兩種不同的發言位置(position)，加上自我選擇(choice)、生命(life)、及墮胎

---

❹ 有關框架分析的進一步論述可參見羅世宏〈後蔣經國時代的國家、主流報導與反對運動：國家認同議題的媒介框架分析〉，政治大學新聞研究所碩士論文。

❺ Tankard 在此特別強調，用以歸納出框架清單的文本，與之後所要分析的文本不應相同。

(abortion)三個面向，自文本中歸納出支持尊重生命(pro-life)、支持自我選擇(pro-choice)、支持墮胎(pro-abortion)、反對墮胎(anti-abortion)、反對反對墮胎者(anti-anti-abortion)、反對支持墮胎者(anti-pro-abortion)這六個主要的框架(Tankard, 1991: 7)。

雖然 Tankard 在此僅提供一新的框架分析取向，而並未落實在實證分析上，但此一新的測量方式，使框架在量化的分析上更邁進一步。

「詮釋包裹」分析取向主要由 Gamson 所提出 (Gamson, 1988; Gamson & Modigliani, 1989; Gamson, 1992)，他將媒介論述視為一組一組賦予某一議題意義的詮釋包裹(interpretive package)，其中包含主框架(frame) 及框架裝置 (framing devices)，前者是詮釋包裹的核心部份，可以用以詮釋相關的事件，及決定什麼才是重要的(what is at issue)。而框架裝置則可以修飾、強化詮釋包裹，其中包括隱喻 (metaphors)、史例(historical examples)、警語(catchphrases)、描述(depictions)、及視覺形象(visual images)五種方法及三種因果推論方式,包括問題根源因果分析(roots)、問題所造成之結果 (consequences)、及原理訴求 (appeals to principle)。

Gamson 基本上將媒介論域之形成視為一價值附加的過程，其中有三大影響因素，分別是文化共鳴(cultural resonance)、框架提供者的作為(sponser activities)、及媒介運作常規 (media practices) (Gamson, 1988: 225; Gamson & Modigliani, 1989: 5)。

在框架分析的實際操作上，Gamson 則採取所謂的民族學取向的分析方法 (ethnographic method)，先分析框架提供者的文宣資料、或是透過深度訪談等方式整理出他們所提供的框架，經行動者的確認，再將之作為分析媒介論述的基準。

Gamson 本身在以詮釋包裹取向分析核能議題的媒介論域時，便曾整理出進步 (progress)、能源獨立 (energy independence)、魔鬼交易

(devil's bargain)、逃命(runaway)、公共責任(public accountability)、不值(not cost effective)及軟性訴求(soft paths)等框架,其中社運團體便成功的提供了相對於官方主流框架的替代性觀點,如魔鬼交易、逃命、公共責任、不值及軟性訴求(Gamson & Modigliani, 1989)。

而Ryan同樣以詮釋包裹分析取向,分析工會團體Local 26爭取自身權益的議題時,整理出正義(justice)及私利(special interest)兩種截然不同的框架,前者為工會團體所提供,後者則為媒體上的主流框架;而在反對美國干涉中南美洲事務時,也整理出 New Bedford delegation 所提供,相對於主流東西對抗(East-West frame)框架的人道 (Human cost of war)及芳鄰框架(Neighbor-to-Neighbor)(Ryan, 1991)。

羅世宏在分析有關國家認同的議題時也發現,國家消息來源最常用法律秩序、大中國意識、國家安全等框架來建構議題;反對運動最常使用地方主義、民主人權及反共等框架（羅世宏,民83年）。

在整個意義奪取的過程中,正足以顯示出消息來源彼此之間的權力傾軋,Entman便認為框架的施行便是權力關係的展現,而媒介內容中出現的框架,更是各消息來源相互競爭以奪取詮釋權的結果 (Entman, 1993: 55)。

一般而言,由於官方的框架長久蟄伏於文化之中,常被視為理所當然;再加上媒體的常規化運作往往與官方保持一定的關係,因此資源處於弱勢的社運團體,甚少有主控媒介論域的機會(Gamson, 1988: 228)。但是即使主流框架較容易為媒體及一般大眾所接受,卻並不表示主流框架不需要經過任何建構的努力,就可以被人們視為理所當然 (Ryan, 1991: 67),Gamson 就認為主流框架還是有其脆弱的一面,有心之士若能採取另一替代性的動員框架,重新對事件加以定義,便可以打破權威的主流正當化框架(Gamson, 1985:616)。

而從上述的實證研究中也可看出,不同的行動者或消息來源,會提

供不同的框架以影響議題的建構，官方未必就有一定的優勢。因此本研究在媒介策略有關訊息框架的部份，也將探討在公共電視此一議題中，不同的消息來源是否會提供不同的框架來建構議題？而建構框架清單的實際操作情形，將在研究方法中詳細說明。

肆、研究方法

一、研究對象與抽樣

　　本研究所要探討的問題是誰有權力界定議題，此一大問題下包含：⑴哪一背景的消息來源為此一議題的主要界定者？⑵不同背景消息來源近用媒介的策略為何？在執行的步驟上將分為內部途徑及外部途徑兩種作法，在內部途徑方面主要以報紙的報導內容為判準依據，以看出哪一消息來源有較多的機會近用媒體？以及不同消息來源所運用的媒介策略有何不同？在外部途徑方面，則以處境較為弱勢的公共電視民間籌備會為對象，細部比對其所發動的媒介策略，與報紙報導的情形，以區別何種策略在近用媒介上較有成效。

　　在分析以報紙對公共電視此一議題之報導為研究對象，另外並蒐集社運團體（公視民間籌備會）之資料，細部比對報紙之報導，故主要仍是採內容分析法，在報紙的選擇方面，則兼顧媒介的不同立場，選取中央日報、中國時報、及自立早報三家報紙。分析期間，由民國82年6月20日公共電視民間籌備會成立，到84年1月17日立法院會期結束之日，由於議題時間不長，故採飽和抽樣，將82年6月20日至84年1月19日❻，三家報紙有關公共電視此一議題的各式報導收集分析。

---

❻　立法院84年1月份的會期是於84年1月18日凌晨結束，故在選擇報紙的報導時，尚包括84年1月19日的報導。

二、 主要類目說明

消息來源：綜合過去消息來源的定義及本身的需要，本研究以狹義的消息來源為主，但除了個人外，尚包括其所附屬的組織、團體。

（一） 媒介策略

1.訊息傳送通道：

⑴消息來源意圖性的作為 ——

1.語文（書面）的包括：發送新聞稿、提供背景資料、投送外稿、發表聲明（宣言、公開信）

2.行動的包括：參加舉辦記者會、座談會、聽證會、拜會、遊說、請願、陳情、示威抗議、上演行動劇

⑵消息來源不具意圖性的作為 —— 記者企劃性之管道包括：

1.消息來源並沒有透過上述語文的或行動的管道，只是接受記者的訪問

2.記者所撰寫的調查性報導、深度報導、特寫分析，及代表報社立場的社論

（二） 媒介策略 —— 訊息框架

過去有關框架分析類目的建構方法，有民族學取向及文本取向兩種，前者的作法是先分析媒介論域中行動者的相關資料，如宣傳單等各式記錄，整理出框架後經行動者確認，再以這些框架去分析媒介論述，Gamson 便是採用民族學的方法，整理出有關核能事件的框架；而文本取向則是先蒐集有關某一議題的論述（十至二十篇文章）， 以此樣本整理出框架後，再以這些框架去分析媒介論述，Tankard 便以此方法分析

出有關墮胎此一議題的框架清單。

　　本研究主要採文本取向的框架清單分析法，首先蒐集過去有關公共電視此一議題的報導（文本），共蒐集二十一篇文章，時間自79年6月至83年8月，雜誌類別包括天下五篇、新新聞四篇、遠見四篇、大國民兩篇、公共電視雜誌兩篇、卓越、報學、財訊雜誌、納稅人雜誌各一篇；另外並參考公視民間籌備會所發佈的二十二篇新聞稿，整理出以下的框架❼。

表1　操作性框架清單及說明

框架名稱	說　　　　　　　　明
拿人手短	強調公視經費主要來自政府捐贈很難擺脫政府控制。
拿人不一定手短	強調公視經費主要來自政府捐贈並不會受政府的控制，認為拿人會不會手短最重要的是人的因素。 王曉祥強調公視經費是來自政府「捐贈」，而非編列預算，並沒有拿人手短的可能。
雙重剝削（針對制度本身）	強調現有廣電基金條例已徵收三臺盈餘，再徵收營業額是不合理的。 廣電基金條例已明載徵收三臺部份盈餘，若再徵營業額無異是一條牛被剝兩次皮，對三臺不公平；且在會計體例上不合理，會有許多爭議。
雙重剝削（針對員工生計）	三臺已繳廣電基金，若再繳百分之十的營業額，將影響員工權益及生計。
廣電資源合理分配	強調三臺長期霸佔公有頻道，繳交一定金額給公視合情合理，符合公平原則。 向三臺徵收營業額並非要三臺養公視，而是將廣電資源做公平合理的分配。

❼　有關公視的相關論述有根本上質疑公視建臺的，有訴諸公視基本精神的，也有針對特定法條的，若將這些論述都納入，反而沒有焦點。因此本研究在此針對法條部份的論述做框架分析。

（三）分析單元及測量單元

分析單元：本研究採兩階段登錄方式，在基本資料呈現方面以則為單位，在消息來源及其所採用的媒介策略方面則以消息來源人物出現及發言情形為單位。

測量單元：本研究之測量單元為頻次。

伍、 研究結果分析

研究問題一： 誰有權力界定議題

無論在消息來源出現次數上，或是在消息來源具體發言的情形中，代表官方的公共電視官方籌委會、監察委員、新聞局官員、立法委員出現及發言次數最多，與過去的研究結果大致相同。而三個主要的抗爭團體，公共電視民間籌備會、三臺主管員工、及公視立法後援會，雖然訴求主題不盡相同，但整體出現及發言情形，比屬於第三者的記者、報社主筆、以及其他學者專家要來得多。這一部份與過去的研究結果正好相反，主要原因在於過去第三者發言較多的情形多是學者專家在發言，而在公共電視此一議題中，許多傳播科系的學者專家，便是主要抗爭團體公視民間籌備會的成員，因此第三者的發言空間相形萎縮。

如果就傳統的，以量的方式來權衡誰發言多，誰就是主要的議題界定者來看，無庸置疑的，屬於官方的消息來源仍佔有相當優勢。但是在這樣一個表象之下，卻有許多複雜的面向彼此交錯。

研究問題二： 消息來源媒介策略——內部途徑部份
　　　　　　（包括傳送訊息通道及訊息框架）

表2　消息來源（包括評論與讀者投書之作者）出現次數分佈狀況

頻次／百分比／名次 消息來源	頻次	百分比	名次
官方籌委會	100	16.8%	1
民間籌備會	66	11.1%	4
三臺主管員工	15	2.5%	11
公視立法後援會	11	1.8%	14
國民黨籍立委	41	6.9%	7
民進黨籍立委	42	7.1%	6
新黨立委	45	7.6%	5
無黨籍立委	15	2.5%	11
監委	83	13.9%	2
檢調單位	12	2.0%	13
新聞局官員	80	13.4%	3
其他部會官員	7	1.2%	15
工程師、建設公司	5	0.8%	17
記者、報社主筆	24	4.0%	8
其他學者專家	23	3.9%	9
一般民眾	16	2.7%	10
電視學會	2	0.3%	18
無法確認	1	0.2%	19
其他	7	1.2%	15
總計	595	100%	

表3　消息來源發言次數分佈狀況

頻次／百分比／名次 消息來源	頻次	百分比	名次
官方籌委會	192	19.6%	1
民間籌備會	73	7.4%	5
三臺主管員工	32	3.3%	8
公視立法後援會	15	1.5%	12
國民黨籍立委	53	5.4%	7
民進黨籍立委	59	6%	6
新黨立委	78	8%	4
無黨籍立委	22	2.2%	9
監委	192	19.6%	1
檢調單位	18	1.8%	11
新聞局官員	188	19.2%	3
其他部會官員	9	0.9%	15
工程師、建設公司	10	1%	14
記者、報社主筆	—	—	18
其他學者專家	21	2.1%	10
一般民眾	—	—	18
電視學會	2	0.2%	16
無法確認	1	0.1%	17
其他	14	1.4%	12
總計	979	100%	

表4　消息來源與傳布訊息通道

消息來源　　　訊息通道	官方籌委會	民間籌備會	其他抗爭團體	立委
文字的（n=80,100%）	n=21 21.0% (26.3%)	n=34 51.5% (42.5%)	n=4 15.4% (5.0%)	n=6 4.2% (7.5%)
行動的(n=66,100%)	n=11 11.0% (16.7%)	n=18 27.3% (27.3%)	n=14 53.8% (21.2%)	n=15 10.5% (22.7%)
記者主動的企劃性管道(n=406,100%)	n=68 68.0% (16.7%)	n=14 21.2% (3.4%)	n=8 30.8% (2.0%)	n=122 85.3% (30.0%)
總計	N=100 100%	N=66 100%	N=26 100%	N=143 100%

消息來源　　　訊息通道	監委	政府官員	記者、報社主筆	其他學者專家
文字的（n=80,100%）	n=0	n=1 1.1% (1.3%)	n=1 4.2% (1.3%)	n=13 56.5% (16.3%)
行動的(n=66,100%)	n=3 3.6% (4.5%)	n=2 2.3% (3.0%)	n=0	n=3 13.0% (4.5%)
記者主動的企劃性管道(n=406,100%)	n=80 96.4% (19.7%)	n=84 96.6% (20.7%)	n=23 95.8% (5.7%)	n=7 30.4% (1.7%)
總計	N=83 100%	N=87 100%	N=24 100%	N=23 100%

（卡方值=233.61821，d.f.=14，Cells F<5=25.0%；P<.001）

　　若以不同消息來源與傳送訊息通道來看（見表4），可以發現民間籌

備會在以文字或行動方式來傳送訊息的次數最多，而屬官方的消息來源則多半只是接受記者採訪而見報。相對於消息來源發言次數也可看出，同屬抗爭團體的民間籌備會、三臺工會、及公視立法後援會必須透過文字或行動的傳送訊息方式，以爭取少量的發言機會，其中民間籌備會以文字的方式傳送訊息最多，在僅有的66次發言中，有半數以上(51.5%)是透過文字的傳送通道來近用並建構議題（見表4），三臺工會及公視立法後援會則主要以行動的方式傳送訊息。若以細部的傳送訊息通道更可以發現，民間籌備會幾乎使用了所有可行的通道來建構議題。❽

❽　　　　消息來源與傳布訊息通道交叉分析圖

消息來源 訊息通道	官方籌委會	民間籌備會	其他抗爭團體	立委
投送外稿 （n=57,100%）	n=12 12.0% (21.1%)	n=29 43.9% (50.9%)	n=0	n=3 2.1% (5.3%)
發表聲明、宣言、公開信 (n=23,100%)	n=9 9.0% (39.1%)	n=5 7.6% (21.7%)	n=4 15.4% (17.4%)	n=3 2.1% (13.0%)
參加記者會、座談會(n=45,100%)	n=11 11.0% (24.4%)	n=11 16.7% (24.4%)	n=3 11.5% (6.7%)	n=12 8.4% (26.7%)
拜會、遊說 (n=3，100%)	n=0	n=1 1.5% (33.3%)	n=1 3.8% (33.3%)	n=1 0.7% (33.3%)
請願、陳情 (n=18，100%)	n=0	n=6 9.1% (33.3%)	n=10 38.5% (55.6%)	n=2 1.4% (11.1%)
記者之企劃性管道 (n=406，100%)	n=68 68.0% (16.7%)	n=14 21.2% (3.4%)	n=8 30.8% (2.0%)	n=122 85.3% (30.0%)
總計	N=100 100%	N=66 100%	N=26 100%	N=143 100%

　　因此可以看出，不同的消息來源確實會以不同的傳送訊息方式來近用並建構媒介議題，官方消息來源由於本身所具有的新聞價值，在新聞常規化的運作，如組織制度化及佈線結構的影響下，使得他們可以不靠任何作為，便能輕易的近用媒體。而制度化較低的抗爭團體卻得花費相當的人力，採取文字或行動的方式，以求在基本的近用媒體權上有所突破，甚至還必須冒著被媒體扭曲報導的危險 (Gitlin, 1980; Tuchman, 1981)，製造各種媒介事件，以爭取注意。

消息來源與傳布訊息通道交叉分析圖（續上表）

消息來源 訊息通道	監委	政府官員	記者、報社主筆	其他學者專家
投送外稿 （n=57,100%）	n=0	n=0	n=1 4.2% (1.8%)	n=12 52.2% (21.1%)
發表聲明、宣言、公開信 (n=23,100%)	n=0	n=1 1.1% (4.3%)	n=0	n=1 4.3% (4.3%)
參加記者會、座談會(n=45,100%)	n=3 3.6% (6.7%)	n=2 2.3% (4.4%)	n=0	n=3 3.6% (6.7%)
拜會、遊說 (n=3, 100%)	n=0	n=0	n=0	n=0
請願、陳情 (n=18, 100%)	n=0	n=0	n=0	n=0
記者之企劃性管道 (n=406, 100%)	n=80 96.4% (19.7%)	n=84 96.6% (20.7%)	n=23 95.8% (5.7%)	n=7 30.4% (1.7%)
總計	N=83 100%	N=87 100%	N=24 100%	N=23 100%

表5　消息來源與訊息框架交叉分析圖

消息來源 訊息框架	官方籌委會	民間籌備會	其他抗爭 團體	立委
拿人者手短	n=0	n=1	n=0	n=2
拿人不一定手短	n=2	n=0	n=0	n=0
雙重剝削（針對員工）	n=0	n=0	n=4	n=0
雙重剝削（針對制度）	n=0	n=0	n=9	n=5
資源合理分配	n=0	n=20	n=0	n=0
總計	N=2	N=21	N=13	N=7

消息來源 訊息框架	監委	政府官員	記者、報 社主筆	其他學者專家
拿人者手短	n=0	n=0	n=0	n=0
拿人不一定手短	n=0	n=0	n=0	n=2
雙重剝削（針對員工）	n=0	n=0	n=0	n=0
雙重剝削（針對制度）	n=0	n=5	n=0	n=2
資源合理分配	n=0	n=0	n=1	n=0
總計	N=0	N=5	N=1	N=4

　　而在訊息框架方面，可以說民間籌備會及三臺員工與公視立法後援會，是整個議題框架的主要提供者，民間籌備會以「廣電資源合理分配」為主要訴求，強調徵收三臺10%的營業額，是基於公平分配原本屬於全民的廣電資源，而三臺主管員工則以「雙重剝削」為主要訴求，除了以廣電法與公視法重複徵收三臺金額的制度不合理外，更以員工生計將遭受影響為主要訴求點。官方籌委會則僅運用兩次「拿人不一定手短」框架，強調公視接受政府補助，並不代表政府一定會介入。而另一代表官

方說法的政府官員則運用五次「雙重剝削」框架，監察委員則完全沒有提供任何有關經費問題的框架。

　　在整個議題框架的競爭中，抗爭團體反而有較多主控媒介論域的機會，誠如Ryan所說，雖然主流框架較容易被一般大眾所接受，但並不表示主流框架不須經過任何建構，就可以被人們視為理所當然 (Ryan, 1991: 67)，而主流框架也有脆弱的一面，非官方消息來源若有心動員替代性的框架，也有重新定義事件的能力(Gamson, 1985: 616)。

研究問題三： 消息來源媒介策略——外部途徑部份 （以公共電視民間籌備會為例）

表6　民間籌備會所發動策略次數總表

策略方式	頻次	百分比
文字	14	63.6%
行動	5	22.7%
二者兼有	3	13.6%
總計	22	100%

　　由民間籌備會內部資料整理出有22次策略近用媒體，其中以文字通道方式最多，共有14次，佔總體的63.6%，行動通道5次，佔22.7%，二者兼有的情形則有3次佔13.6%❾。

　　若單純以文字策略來看，在民間籌備會發動的14次文字策略中，三家報紙的平均刊登 4.3 次，成功率約有 31%❿，平均的刊登面積約有

---

❾　有關民間籌備會所發動的媒介策略總表（包含外稿部份）請參見附錄二。

❿　在計算發動媒介策略成功率方面，是先算出三家報社的平均刊登次數（無論

110.37平方公分。若以報社分同樣以自立早報刊登次數最多，處理較為有利，中國時報居中，中央日報報導最少，處理較不利。

表7　文字策略部份在各報報導的情形

報別 檢驗項目／頻次	中央日報	中國時報	自立早報
刊登次數	2	4	7
刊登版次：　頭版			
二版			2
三版			2
四版	1	2	2
五版			
六版			
綜藝版	1	2	1
刊登位置：　右上	1	1	1
左上			3
右下		2	3
左下	1	1	
平均面積	77.5cm^2	91.0cm^2	162.6cm^2

在行動策略方面，公視民間籌備會共發動5次，三家報紙平均刊登3.67次，成功率約有73.3%，平均刊登面積為147.3平方公分。而三家報紙中仍舊以自立早報刊登次數最多，但報導次多的為中央日報，最少的是中國時報。在新聞的刊登面積上中國時報報導篇幅最大，其次是自立

是總體的、文字的、行動的、或二者兼有），除以民間籌備會實際發動的策略次數，再換算為百分比而成。

早報及中央日報。

表8　行動策略部份在各報報導的情形

報別 檢驗項目／頻次	中央日報	中國時報	自立早報
刊登次數	4	2	5
刊登版次：　頭版			1
二版			
三版			2
四版	1		2
五版			
六版		2	
綜藝版	3		
刊登位置：　右上	2		3
左上	2		
右下			1
左下		2	1
平均面積	78.3cm^2	186.5cm^2	177.2cm^2

　　民間籌備會同時發動文字及行動策略共有三次，三家報紙平均刊登2.3次，成功率有77.8%，平均刊登面積有145.6平方公分。自立早報及中國時報三次都有報導，而中央日報僅報導一次。在刊登篇幅上以自立早報最大，中央日報次之，中國時報最小。

　　如果把這22次以文字（包括發送新聞稿、發表聲明、宣言、公開信）或行動方式（參加記者會、座談會、請願、陳情）傳送訊息之紀錄，與媒體報導情形比對可以發現，若以文字搭配行動方式傳送訊息，近用媒

體的機會最大；單只以行動方式傳送訊息，也比只以文字方式傳送訊息
效果來得好，這一點與過去的研究相符，也就是戶外的、動態的媒體策
略，比室內的、文字的策略有效（翁秀琪，民83年）。

表9　文字與行動策略皆有的部份在各報報導的情形

報別 檢驗項目／頻次	中央日報	中國時報	自立早報
刊登次數	1	3	3
刊登版次：　頭版			
二版			
三版			
四版		1	1
五版		2	1
六版			1
綜藝版	1		
刊登位置：　右上	1	1	
左上			1
右下			1
左下		2	1
平均面積	154cm^2	117.7cm^2	165cm^2

陸、討論

「在不同消息來源彼此競逐近用媒體的場域中，有形的、物質的資
源，與象徵的、符號的資源，呈現不平等的分佈狀態，佔有優勢的消息

來源不會只因先天的優點，而成為當然的初級界定者，如果真有初級界定者出現，也只是其策略運用成功罷了。」(Schlesinger,1990: 77)

整體而言，官方消息來源（官方籌委會、政府官員、立委、監委）發言次數雖然相當多，而且由於本身所具的新聞價值，加上媒介運作的常規，使得他們在近用媒介上佔有相當的優勢。但是在整個媒介議題的建構中，官方消息來源由於有各種弊端纏身，反而無法針對公視基本精神或公視法相關條文提出見解，使得整個媒介論域成為民間籌備會與三臺工會，從事框架競逐，以爭取定義權的地方，而民間籌備會在框架的提供上可說是略佔上風。由此可見，僅注意消息來源與媒體結構上之互動，及之後的量化結果，而忽略屬於文化面向的質的互動結果 (Wolfsfeld, 1991: 3)，是有相當疏漏的。

回到Hall初級／次級界定的概念來看，更可發現所謂初級界定或次級界定，實在是消息來源運用各種媒介策略，以爭取媒介注意後的結果，並非先天上牢不可破的限制 (Schlesinger, Tumber and Murdock, 1991: 399)。官方消息來源並不是不須任何媒介策略，便能主控整個議題，做當然的初級界定者，事實上過去的研究也發現許多官方失敗的議題建構情形(Miller & Williams, 1992; David Miller, 1993)。因此，媒介策略可以說是掌控議題建構過程時，不可忽視的一個重要關鍵。媒介策略對資源豐厚、長久佔有優勢的官方消息來源來說，都不見得能使他們成功地建構議題，對資源有限的弱勢社運團體來說，更應該妥善規劃媒介策略(Ryan, 1991)，好在媒體本身自覺或不自覺而設下的重重障礙中，殺出一條生路。

參考書目

中文部分

胡晉翔（民83年）〈大眾傳播與社會運動：框架理論的觀點〉，政治大學
　　新聞研究所碩士論文。

翁秀琪（民80年）〈我國公共電視立法應有之精神〉，《新聞學研究》，
　　44: 23–41。

翁秀琪（民81年）《大眾傳播理論與實證》，臺北：三民。

翁秀琪（民83年）〈婦女運動與新聞報導之研究：從消息來源策略角度
　　探討中時、聯合兩報對婦運團體推動民法親屬編修法的報導〉，發
　　表於臺大新聞研究所主辦，女性與新聞傳播研討會。

孫秀蕙（民83年）〈環保團體的公共關係策略之探討〉，郭良文主編，臺
　　灣的環保公關。臺北：巨流，p.125–158。

許傳陽（民81年）〈大眾傳播媒介與社會運動：一個議題傳散模式的初
　　探──以宜蘭反六輕設廠之新聞報導為例〉，政治大學新聞研究
　　所碩士論文。

馮建三（民82年）〈公共電視〉，臺北：澄社報告二──解構廣電媒體，
　　p.319–410。

喻靖媛（民83年）〈記者與消息來源互動關係與新聞處理方式關聯性之
　　研究〉，政治大學新聞研究所碩士論文。

楊韶彧（民82年）〈從消息來源途徑探討議題建構過程──以核四建廠
　　爭議為例〉，政治大學新聞研究所碩士論文。

鄭瑞城（民80年）〈從消息來源途徑詮釋近用媒介權：臺灣的驗證〉，《新
　　聞學研究》，45: 39–45。

臧國仁（民83年）〈新聞媒體與消息來源的互動觀點 ── 系統生態學的
　　觀點〉，發表於中正大學電訊傳播所主辦，傳播生態研討會。

羅世宏（民83年）〈後蔣經國時代的國家、主流報導與反對運動：國家認同議題的媒介框架分析〉，政治大學新聞研究所碩士論文。

英文部分

Anderson, A. (1991) "Source Strategies and the Communication of Environmental Affairs," *Media, Culture and Society*, 13 (4): 459–476.

Berkowitz Dan and Adams, Douglas, B. (1990) "Information Subsidy and Agenda-Building in Local Television News," *Journalism Quarterly*, 67 (4): 723–731.

Berkowitz, D. (1987) "TV News Sources and News Channels: A Study in Agenda Building," *Journalism Quarterly*, 64 (2): 508–513.

Brown, J. D., Bybee, Carl, R., Wearden, Stanley, T. & Dulicie Murdock Straughan (1987) "Invisible Power: Newspaper News Source and the Limits of Diversity," *Journalism Quarterly*, 22 (1): 133–144.

Bourdieu, P. (1988) *Homo Academicvs*. Oxford: polity.

Curran, J., M. Gurevitch & J. Woollacott (1984) "The Study of the Media: Theoretical Approach," in M. Gurevitch, T. Bennet, J. Curran and J. Woollacott (eds.) *Culture, Society, and the Media*. New York: Methuen Inc.

Curran, J. (1990) "The New Revisionism in Mass Communication Research: A Reappraisal," *EJOC*, Vol.5, p.135–164.

David Miller (1993) "Offical Sources and 'Primary Definition' : the Case of Northern Ireland," *Media , Culture and Society*, Vol.15, p.385–406.

Entman, Robert, M. (1993) "Framing: Toward Clarification of a Fractured Paradigm," *Journal of Communication*, Vol.43, No.4,

p.51–58.

Ericson, R. V. and Baranek, P. M. and Chan Janet, B. L. (1989) *Negotiating Control: A Study of News Sources.* Canada: University of Toronto Press.

Gamson, W. A. (1985) "Goffman's Legacy to Political Sociology," *Theory and Society*, 14: 605–622.

Gamson, W. A. (1988) "Political Discourse and Collective Action," in Klandermans, B., et al., (eds.) *From Structure to Action: Comparing Social Movement Research across Cultures*. Greenwich, Conn.: JAI Press.

Gamson, W. A. & Modigliani, A. (1989) "Media Discourse and Public Opinion on Nuclear Power: A Constructionist Approach," *American Journal of Sociology*, Vol.95, No.1, p.1–37.

Gamson, W. A. (1992) *Talking Politics*. New York: Cambridge University Press.

Gandy, O. H. (1982) *Beyond Agenda Setting: Information Subsidies and Public Policy*. Norwood, N.J.: Ablex Publishing Company.

Gans, H. J. (1979) *Deciding What's News:A Study of CBS Evening News, NBC Nightly News, Newsweek and Time*. New: Pantheon Books.

Gitlin, T. (1980) *The Whole World is Watching*. Berkeley: University of California Press.

Greg Philo (1993) "Political Advertising, Popular Belief and the 1992 British General Election," *Media, Culture and Society*, Vol.15, p.407–419.

Gurevitch Michael and Mark, R., Levy, eds. (1985) *Mass Communication Review Yearbook*, Vol.5. Beverly Hills, Calif.: Sage.

Hackett, Robert, A. (1985) "A Hierachy of Access: Aspects of Sources Bias in Candian TV News," *Journalism Quarterly*, 62 (2): 256–266 & 277.

Hall, S., et al., (1981) "The Social Production of News: Mugging in the Media," in S. Cohen and J. Young (eds.) *The Manufacture of News: Social Problems, Deviance and the Mass Media*. Beverly Hills, CA: Sage, p.335–367.

Hansen, K. A. (1991) "Source Diversity and Newspaper Enterprise," *Journalism Quarterly*, 68 (3): 474–482.

Luostarinen, H. (1992) "Source Strategies and the Gulf War," *The Nordicom Review*, 2: 91–99.

Miller, D. & Williams, K. (1992) "Negotiating HIV/AIDS Information: Agendas, Media Strategies, and the News," in J. Eldridge (ed.) *Getting the Message*. London: Rouledge.

Reese, S. D. (1991) "Setting the Media's Agenda: A Power Balance Perspective," *Communication Yearbook*, 14, p.309–356.

Rogers, E. M. (1982) "The Empirical and Critical Schools of Communication Research," M. Brugoon (ed.) *Communication Yearbook*, Vol.5: 125–144.

Rosengren, K. E. (1983) "Communication Research: One Paradigm or Four ?," *Journal of Communication*, Vol.33 (3): 185–203.

Ryan, C. (1991) *Prime Time Activism: Media Strategies for Grassroots Organizing*. Boston: South End Press.

Schlesinger, P. (1990) "Rethinking the Sociology of Journalism: Source Strategies and the Limits of Media Centrism," M. Ferguson (ed.) *Public Communication: the New Imperatives*. London: Sage,

p.61–84.

Schlesinger, P., Tumber, H. & Murdock, G. (1991) "The Media Politics of Crime and Criminal Justice," *British Journal of Sociology*, 42 (3): 397–420.

Shoemaker, P. J. & Reese, S. D. (1991) *Mediating the Message: Theories of Influences on Mass Media Content*. New York: Longman Publishing Group.

Sigal, L. V. (1973) *Reporters and Officals*. Lexington, Mass: D.C. Heath and Company.

Snow, D. A. & Benford, R. D. (1988) "Ideology, Frame Resonance, and Participant Mobilization," in Klandermans, B., Kriesi, H. and Tarrow, S. (eds.) *From Structure to Action: Comparing Social Movement Research Across Cultures*. Greenwich, Connecticut: JAI Press Inc.

Tankard, J. W. and others (1991) "Media Frames: Approaches to Conceptualization and Measurement," Paper Presented to Communication Theory and Methodology Division, Association for Education in Journalism and Mass Communication Convention. Boston.

Tuchman Gay (1981) "The Symbolic Annihilation of Women by the Mass Media," in Cohen, S. & Young, J. (eds.) *The Manufacture of News*. Beverly Hills: Sage.

Turk, J. V. S. (1986a) "Information Subsidies and Media Content: A Study of Public Relation Influence on the News," *Journalism Monograph*, No. 100, p.1–29.

Turk, J. V. S. (1986b) "Public Relations' Influence on the News,"

Newspaper Research Journal, 7 (4): 15–28.

Wolfsfeld, G. (1991) "Media, Protest and Political Violence: A Trans-actional Analysis," *Journalism Monograph*: 127.

附錄一　公視建臺大事記

1980　2/6　行政院長孫運璿於中小學教師自強愛國座談會提出建立公
　　　　　共電視臺的構想。

1983　8/25　新聞局草擬「中華民國第一階段公共電視節目製播計畫」

　　　10/18　行政院核定「中華民國第一階段公共電視節目製播計畫」：
　　　　　以委製節目為主，每年播國內外節目650小時，使用三家電視臺
　　　　　頻道，每臺每週提供五小時，不須支付播映費用。

1984　2/16　新聞局成立「公共電視製播」小組，由該局國內處兼任相
　　　　　關工作。

　　　5/20　公共電視第一個節目「大家來讀三字經」在中視播出。

1986　6/14　行政院核示「第二階段播映計畫」，將「公共電視製播」小
　　　　　組納入「財團法人廣播電視事業發展基金」，由新聞局監督，基
　　　　　金會董事長即為新聞局局長。

　　　12/24　「公共電視製播」小組改名為「公共電視節目製播組」。

1988　12月　新聞局確定公共電視建臺方案。

1990　1月　新聞局成立「公共電視建臺籌備工作小組」。

　　　6/3　新聞局宣布成立「中華民國公共電視臺籌備委員會」。

　　　8月　公視籌委會名單公佈。籌備委員共二十二人。

　　　9月　籌委會成立公視法起草小組，開始公視法草擬工作。

　　　11月　半數以上籌委醞釀辭職，因恐為新聞局的橡皮圖章。

1991　1/1　王曉祥出任公視籌委會秘書長

　　　6月　公視法草案完成

1992　5/21　新聞局召開第二次協調會，修訂公視法草案，明定主管機
　　　　　關為新聞局，公視董事直接由行政院院長任命。

　　　9/10　行政院通過經修改的公視法草案。

　　　10/17　公視法草案進入立院內政、交通與教育聯席會一審。

10/26　政治大學傳播學院十八位專任教師聯名發表「一封公開信：我們期望公視實至名歸」。

1993　6/20　公共電視民間籌備會成立。

7/1　公視法進入一讀審查。

7/7　公視發生工程弊案。

7/12　公視董事產生通過。

7/16　立院休會。

9/6　監察院提糾舉案。

9/15　糾舉案未過。

9/24　立院第三會期第一次會議開議。

11/8　公視法經費條文通過。

12/13　監委對新聞局提糾正案。

12/21　監察院通過糾正案。

1994　1/17　公視法一讀完成審查，主管機關改為文建會立院第三會期第一次會議休會。

2/22　立院第三會期第二次會議開議。

6/17　三臺及公視員工赴立院抗議。

6/21　公視民間籌備會、女學會等近十個團體赴立院請願、遊說，並赴新聞局抗議。

7/15　朝野協商幾度破裂、公視法仍未在立院延會期時間內通過

7/19　立院第三會期第二次會議休會。

9/6　立院第四會期第一次會議開議。

12/21　公共電視籌備委員會召開臨時會員大會，會中決定公視法草案若無法在本會期通過，二十二名籌備委員將集體辭職。

12/28　公視立法後援會拜會民進黨黨主席施明德，要求民進黨立院黨團推動公視法的審查，以儘速完成立法。

1995　1/13　公視法三黨一派協商破裂。

　　　　1/17　立院第四會期第一次會議休會，公視法草案遭擱置，留待下一會期審議。

　　　　1/21　新聞局長胡志強當面慰留公視籌委。

1995　8月　由於公視法遲遲未過，內部大批人才外流，多位籌委求去

1995　9月　新聘九位籌委名單出爐。

1996　1月　公視法仍未過關，籌委再度醞釀總辭，主委陳奇祿也於此時請辭。

1996　2月　孫德雄接任主委。

1996　10月　傳播學者組成公共媒體催生聯盟，為公視法及公共電臺展開奮戰。

1996　12月　公視法終於排入二讀審議，但由於新黨立委的杯葛，審議過程牛步化，自三日起至十七日止，僅通過不到五項條文。

1996　12/20　立院變更議程，將公視法改列第七順位審議，公視法功虧一簣，仍無法完成三讀。

1997　4/16　國民黨中央政策會經過半小時的協商，決定腰斬籌設七年的公共電視台，輿論譁然。

1997　4/21　公共媒體催生聯盟、公視職工聯誼會等團體於立院前舉行燭光晚會，為公視催生。

1997　4/22　立院朝野協商，同意公視小而美建臺，隨即遭公共媒體催生聯盟反對，公視能否建臺及會被建成何種電視臺？前途未卜。

附錄二　公視民間籌備會發動媒介策略總表(包含投送外稿部分)

公視民間籌備會發動媒介策略總表	
82/6/20	文字策略（發送新聞稿）
82/6/21	行動策略（召開記者會）
82/6/22	文字策略（發表公開信）
82/6/28	刊登外稿於中國時報
82/7/4	刊登外稿於自立早報
82/7/5	行動策略（拜會、遊說）以及文字策略（發送新聞稿）
82/7/6	文字策略（預發新聞稿）
82/7/6	刊登外稿於中國時報與自立早報
82/7/7	文字策略（發送新聞稿）
82/7/7	刊登兩篇外稿於中國時報
82/7/9	文字策略（預發新聞稿）
82/7/10	行動策略（召開記者會）
82/7/12	刊登外稿於自立早報
82/7/13	刊登外稿於中國時報
82/9/5	文字策略（發送新聞稿）
82/9/10	行動策略（拜會公籌會）
82/9/12	刊登外稿於自立早報
82/9/15	文字策略（發送新聞稿）
82/10/1	刊登外稿於自立早報
82/10/11	刊登外稿於中國時報
82/10/25	刊登外稿於中國時報
82/11/2	行動策略（陳情）以及文字策略（發送新聞稿）

82/11/3	文字策略（發送新聞稿）
82/11/8	文字策略（發送新聞稿）
82/11/30	文字策略（發送新聞稿）
82/12/3	行動策略（參加公聽會）以及文字策略（發送新聞稿）
82/12/11	刊登外稿於自立早報
82/12/23	投送讀者投書至中國時報
82/12/27	刊登外稿於自立早報
83/1/16	文字策略（發表聲明）
83/1/31	刊登外稿於自立早報
83/4/19	投送讀者投書至中國時報
83/4/19	投送讀者投書至中國時報
83/4/19	投送讀者投書至中國時報
83/5/24	文字策略（發送新聞稿）
83/6/9	文字策略（發送新聞稿與聲明）
83/6/15	刊登外稿於自立早報
83/6/17	行動策略（請願）
83/6/17	刊登外稿於自立早報
83/6/18	刊登外稿於自立早報
83/6/20	文字策略（發表聲明）
83/6/21	行動策略（請願）
83/6/24	刊登外稿於自立早報
83/7/2	刊登外稿於自立早報
83/7/3	刊登外稿於自立早報
83/7/21	刊登外稿於自立早報
83/9/7	刊登外稿於自立早報
83/12/24	刊登外稿於自立早報
84/1/3	投送讀者投書至中國時報

附錄三　登錄表

1.新聞編號 ＿＿＿＿＿＿＿＿

2.報別 ＿＿＿＿＿ 1 中央日報　2 中國時報　3 自立早報

3.刊登版次 ＿＿＿＿＿＿ 1 頭版

　　　　　　　　　　　2 一般新聞報導版

　　　　　　　　　　　3 副刊專欄版

　　　　　　　　　　　4 讀者投書版

　　　　　　　　　　　5 綜藝新聞版

　　　　　　　　　　　6 文教版

4.刊登位置 ＿＿＿＿＿ 1 右上　2 左上　3 右下　4 左下

5.刊登面積 ＿＿＿＿＿＿ 平方公分

6.刊載形式 ＿＿＿＿＿ 1 新聞報導

　　　　　　　　　　2 記者撰寫的新聞分析、短評、特稿

　　　　　　　　　　3 社論

　　　　　　　　　　4 編制外人員所寫的專欄、短評

　　　　　　　　　　5 讀者投書

　　　　　　　　　　6 圖片照片（以下均不必答）

　（一般新聞報導續答7-13題，記者所撰寫之分析稿、短評、社論、以及編制外人員所寫的專欄、短評、讀者投書續答7、9、11、12、13題，未答之題均登錄為不必答）

7.報導主題＿＿＿＿＿ 1 公視精神　2 公視法　3 公視弊案　4 其他

　　　　　　　　　　9 不必答

8.有無消息來源＿＿＿＿＿ 1 有消息來源

　　　　　　　　　　　　2 沒有消息來源（不必答9-13題）

　　　　　　　　　　　　3 不必答（記者所撰寫之分析稿、短評、

　　　　　　　　　　　　　社論、編制外人員所寫的專欄、短評、

及讀者投書在此題項均為不必答）

9. 消息來源＿＿＿＿　1 官方籌委會成員

2 民間籌備會成員

3 三臺主管、員工、工會

4 公視立法後援會成員

5 國民黨籍立委

6 民進黨籍立委

7 新黨立委

8 無黨籍立委

9 監委

10 檢調單位

11 新聞局官員

12 其他部會官員（包括文建會、交通部、

審計部）

13 工程弊案中的工程師、建設公司

14 記者、報社主筆

15 其他學者專家

16 一般民眾

17 電視學會

18 無法確認

19 其他

99 不必答

10. 該消息來源發言次數 ＿＿＿＿＿＿次

（記者所撰寫之分析稿、短評、社論、編制外人員所寫的專欄、

短評、及讀者投書在此題項均為不必答，此題不必答之登錄值設

定為0）

11. 傳布訊息通道 ＿＿＿＿　1 發送新聞稿

　　　　　　　　　　　　2 提供背景資料

　　　　　　　　　　　　3 投送外稿

　　　　　　　　　　　　4 聲明、宣言、公開信

　　　　　　　　　　　　5 參加記者會、座談會、聽證會

　　　　　　　　　　　　6 拜會、遊說

　　　　　　　　　　　　7 請願、陳情

　　　　　　　　　　　　8 示威抗議

　　　　　　　　　　　　9 上演行動劇

　　　　　　　　　　　　10 沒有透過特殊管道

　　　　　　　　　　　　11 記者所撰寫的深度報導、社論、短評

　　　　　　　　　　　　99 不必答

12. 有無提供訊息框架＿＿＿＿　1 有提供框架 2 沒有提供框架

　　　　　　　　　　　　　　9 不必答

13. 訊息框架 ＿＿＿＿　1 拿人者一定手短

　　　　　　　　　　2 拿人不一定手短

　　　　　　　　　　3 雙重剝削（針對員工生計問題）

　　　　　　　　　　4 雙重剝削（針對公司制度上的問題）

　　　　　　　　　　5 雙重剝削（針對納稅人利益）

　　　　　　　　　　6 資源合理分配

　　　　　　　　　　9 不必答

大雅叢刊書目

法學叢書書目

圖書資訊學叢書書目

教育叢書書目

中國現代史叢書書目（張玉法主編）